復刻版《ふっこくばん》

21世紀《せいき》への旅行《りょこう》

監修《かんしゅう》・科学技術庁《かがくぎじゅつちょう》

企画《きかく》・読売新聞社《よみうりしんぶんしゃ》科学報道本部《かがくほうどうほんぶ》

さしえ・手塚治虫《てづかおさむ》

弘文堂

タイムカプセルを開ける――本書復刊を祝し

日本科学未来館館長・宇宙飛行士　毛利　衛

本書が出版されてからもうすでに半世紀が過ぎました。当時は世界が新しい時代に向けて変化しようとする期待で満ち溢れていました。宇宙開発、原子力エネルギー、南極観測など、未知への夢に挑戦する科学技術の発展が大きな期待を担っていました。日本でも敗戦の痛手を乗り越えるために科学技術を振興して社会をまず経済的に豊かにしようと、生活は貧しいながらも、多くの人々が一致した夢に向かって張り切っていました。ちょうど私が中学生で、人類宇宙初飛行のガガーリンやグレン宇宙飛行士にあこがれていた時代です。また手塚治虫の鉄腕アトムに代表される科学マンガも続々と出版され、夢中で読んでいました。私にとってこの時の興味と知識が科学者としての道を歩むことにつながり、やがて核融合研究者へ、さらには宇宙飛行士の夢へと導いてくれました。

現在は二十一世紀もすでに十年以上経過しました。本書を読み返すと、よくこの時代に二十一世紀をこれだけ予見できていたと驚くばかりです。本書に書かれた多くの夢は現在、実現されています。月へはすでに人類の足跡が記され、現在は国際宇宙ステーションで絶えず六人の宇宙飛行士が仕事をしています。しかも第二次世界大戦後に長足の進歩を遂げた日本は、世界の科学技術を先導する重要な役割を担うほどになりました。

一方、宇宙からこの半世紀にわたる地球観測によって、当時はまだそれほど深刻に認識されていなかった地球の気候変動が、二十一世紀になって最も大きな人類的課題として全世界に突き付けられています。

本書が出版された当時の日本で一番大きな課題は、工業化社会になったため引き起こされた公害問題でした。私も小学生から中学生になるころ、産業廃棄物と農薬の影響でいつも遊んでいた故郷のきれいな川が急に汚れていく様子を目の当たりにしました。その後、科学技術の進展や法律の整備、そして人々の意識の向上により、公害問題は大きく改善しています。私は一九九二年にスペースシャトルから東京湾を見ましたが、水の美しさに驚かされました。それまでに見た世界の大きな都市の河口の多くは汚れていたからです。科学技術で引き起こした問題は、さらに優れた科学技術と社会の協力とで解決に導き得ることを実感しました。

ところが二十一世紀のいま突き付けられている課題は、一国では片付きません。また、科学技術だけの進歩でも片付きません。それは地球上の生き物すべてにかかわる、地球全体の問題だからです。そして世界各国が自国のエゴを乗り越えると同時に、政治、経済、芸術、科学技術などすべての知恵を動員し、真剣に取り組まなければ解決できない大きな課題なのです。

本書に描かれている二十一世紀の夢はこの五十年で実現できたことが多いのですが、まだ実現の途上にある残りの夢が、二十一世紀中に本当に実現しているかどうか楽観できません。しかし、私たちが過去に公害問題を乗り越えてきたように、相手を思いやる日本の文化を世界にも理解してもらうこと、そして国家の枠を超えて協力しながら科学技術をうまく使っていく意識と実行力のある若い人々が育っていけば、必ずや乗り越えられるでしょう。

この本が半世紀後、再び多くの人々に読まれ、ここに描かれたすべての夢が実現されていることを祈っています。

二〇一三年八月

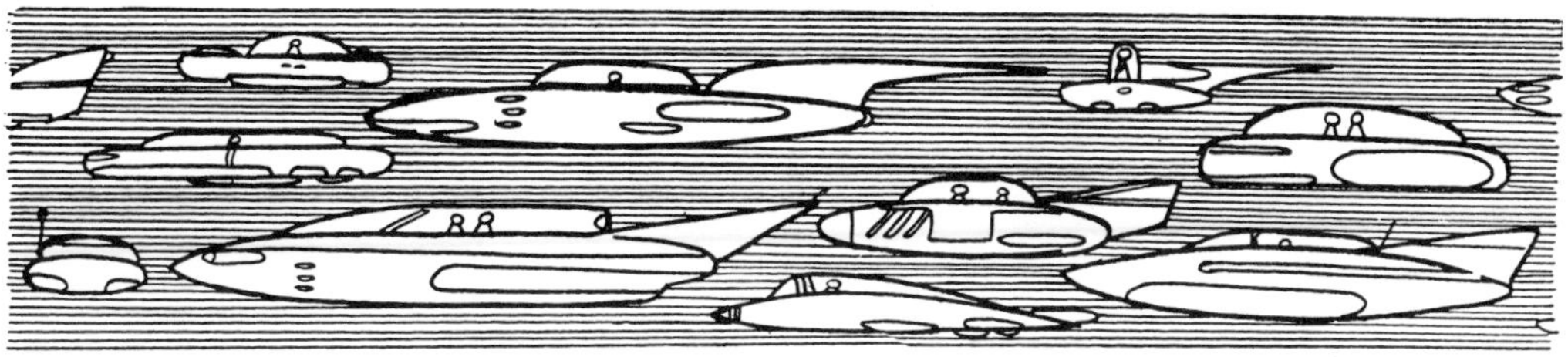

もくじ

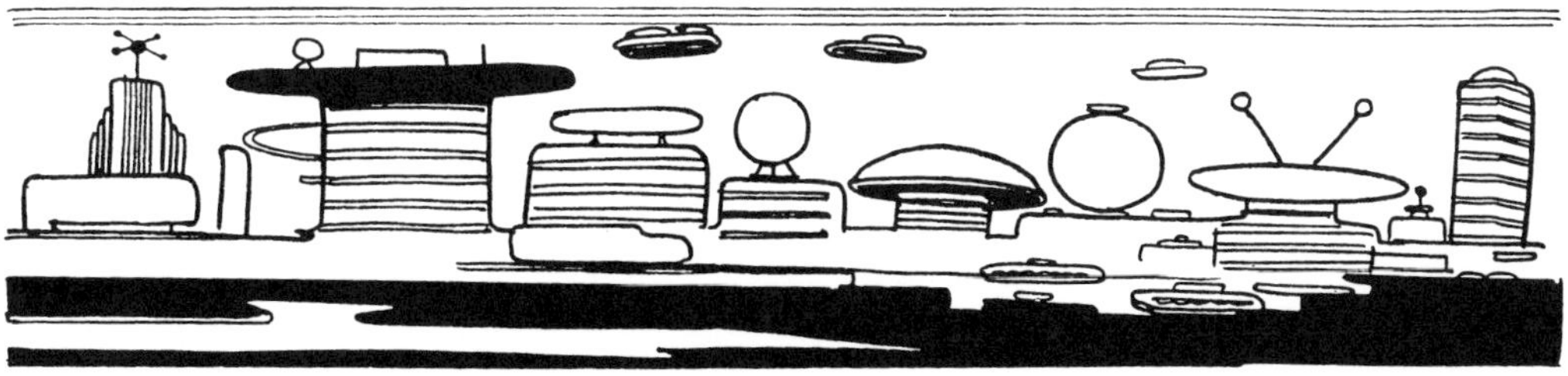

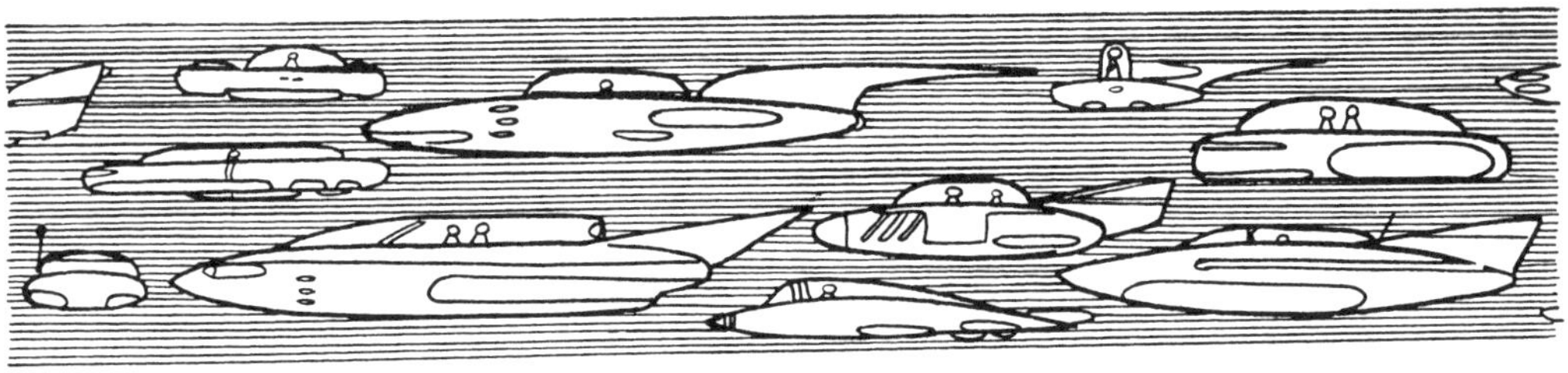

もくじ

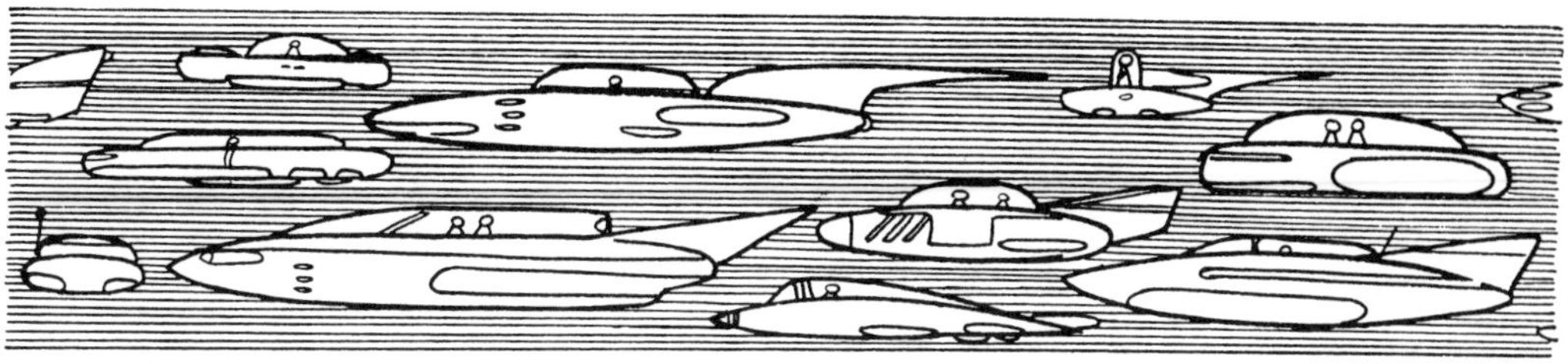

さしえ　手《て》塚《づか》治《おさ》虫《む》

第《だい》1章《しよう》

タイム・マシン

1　大《だい》洪《こう》水《ずい》

車《くるま》、車、車……目のまえ、一メートルのところにも車。

ふりむいてみると、せなかのすぐうしろにも車……。

右も左も……車、車。頭《あたま》の上にだって、イワシ雲《ぐも》が、まるで、車の洪水《こうずい》のようにうかんでいます。

小学校四年生のマユミちゃんは、いまにも泣き出しそうに、

「ねえ、おにいちゃま、天馬《てんま》さん待《ま》っててくれるかしら。」

と、ススムくんの方を向《む》いて言《い》いました。

「ぼくたちのせいじゃないよ。こんなに車がこんでては、どうしようもないだろ。」

と、ススムくんはにいさんらしくマユミちゃんをなだめたものの、気《き》が気ではありません。

土曜日の午後《ごご》、ばしょは銀座《ぎんざ》です。ふたりの乗《の》っているバスは、もう三十分ほど、おんなじばしょをノロノロうごいているのです。歩《ある》いた方が早《はや》いほど。

おじさんの天馬《てんま》記者《きしゃ》のいる東洋新聞社《とうようしんぶんしゃ》はまだずっと先《さき》。きょうは天馬さんに、日比谷《ひびや》公園《こうえん》の「二十一世紀《せいき》博覧会《はくらんかい》」を案《あん》内《ない》してもらうはずなのに、約束《やくそく》の二時は、とっくにすぎてしまっています。ふたりがベソをかくのもむりはないでしょう。

二時四十分。

やっとふたりは新聞社につきました。

「やあ、おそかったなあ。」

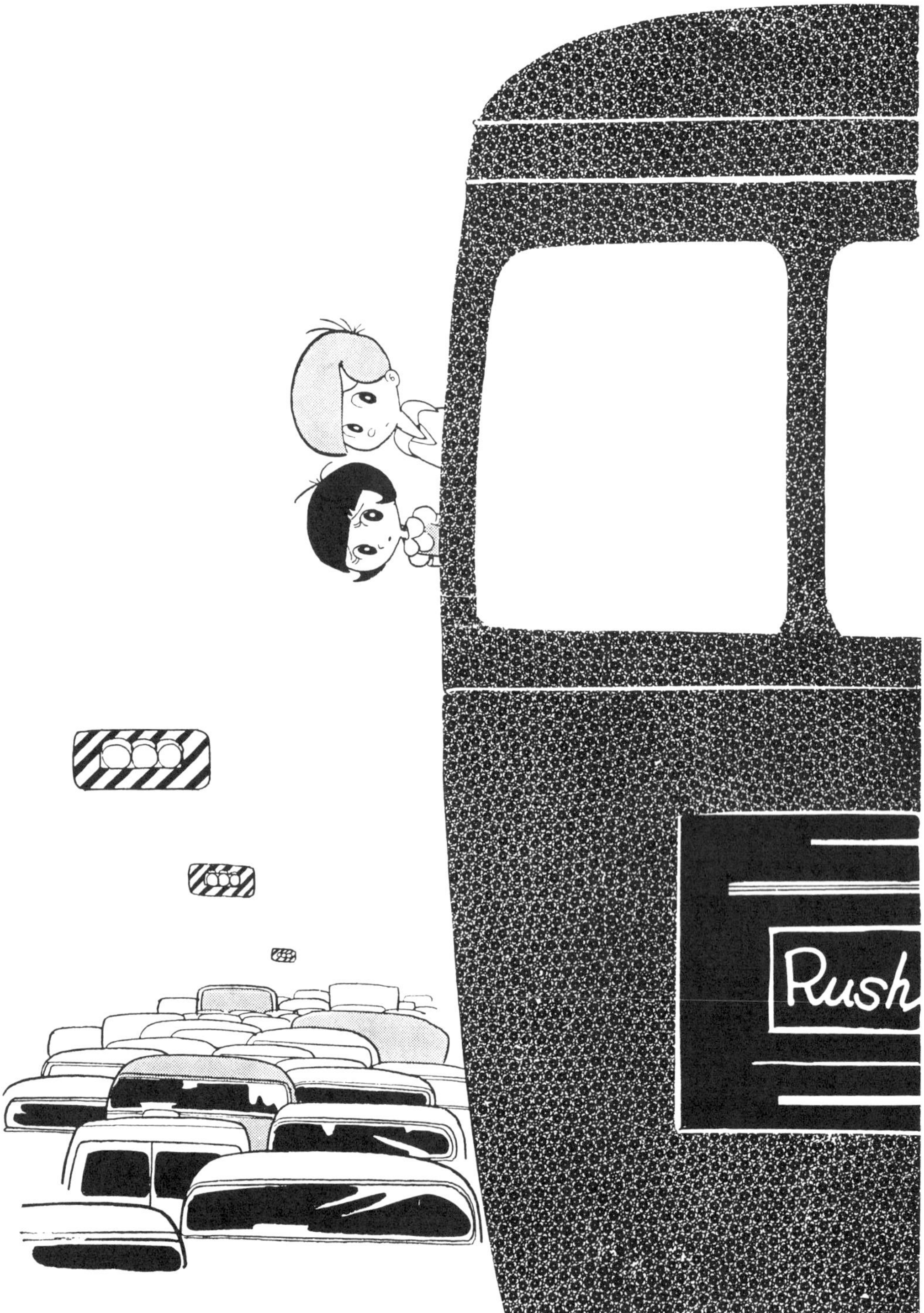
Rush

天馬《てんま》さんが、さっそうと入《はい》ってきて、ニヤニヤしながら、

「どうしたの、お母さまにしかられたのかい。」

ススムくんは、うらめしそうに見上《みあ》げました。

「あのう……バスが……」

「わかった。交通《こうつう》マヒだな。」

天馬《てんま》さんは、プカリとたばこをふかして、

「マヒ――つまり、交通がしびれてしまったんだね。」

「うん、自動車《じどうしゃ》のおおいことったら……」

ススムくんが、うんざりした顔《かお》で言いました。

「道路《どうろ》はなかなかできないのに自動車《じどうしゃ》はどんどんふえる。ススムくん、いま、東京の自動車は何台《だい》ぐらいと思う？」
「六十万《まん》台です。」
「そう、六十万台を、もうこえているだろうね。東京オリンピックのあるころには、八十万ぐらいになるかな。」

「どうなるのかしら。」

「東京なら、山手《やまて》線《せん》の内《うち》がわは一日じゅう交通《こうつう》マヒになってしまうよ。」

「高速道路《こうそくどうろ》ができても？」

「できてもだ。」

マユミちゃんは、よくわからないらしく、

「交通マヒって、どうしておこるの？」

「うん、それはだな。たとえば交差点《こうさてん》に青と赤の信号《しんごう》がついているだろう。でも、こう車《くるま》がつづくと、赤が青にかわったって全《ぜん》部《ぶ》が渡《わた》り切《き》れない——つまり、一つの交差点を渡るのに、何回《なんかい》も待《ま》たなくちゃならないんだ。これが、どこの交差点でもおこるんだから、もう信号機《しんごうき》なんて、使《つか》いものにならないね。」

「それなら、信号機をとっちゃえばいいのに……。」

「それがさ。信号をとってしまったら、こ

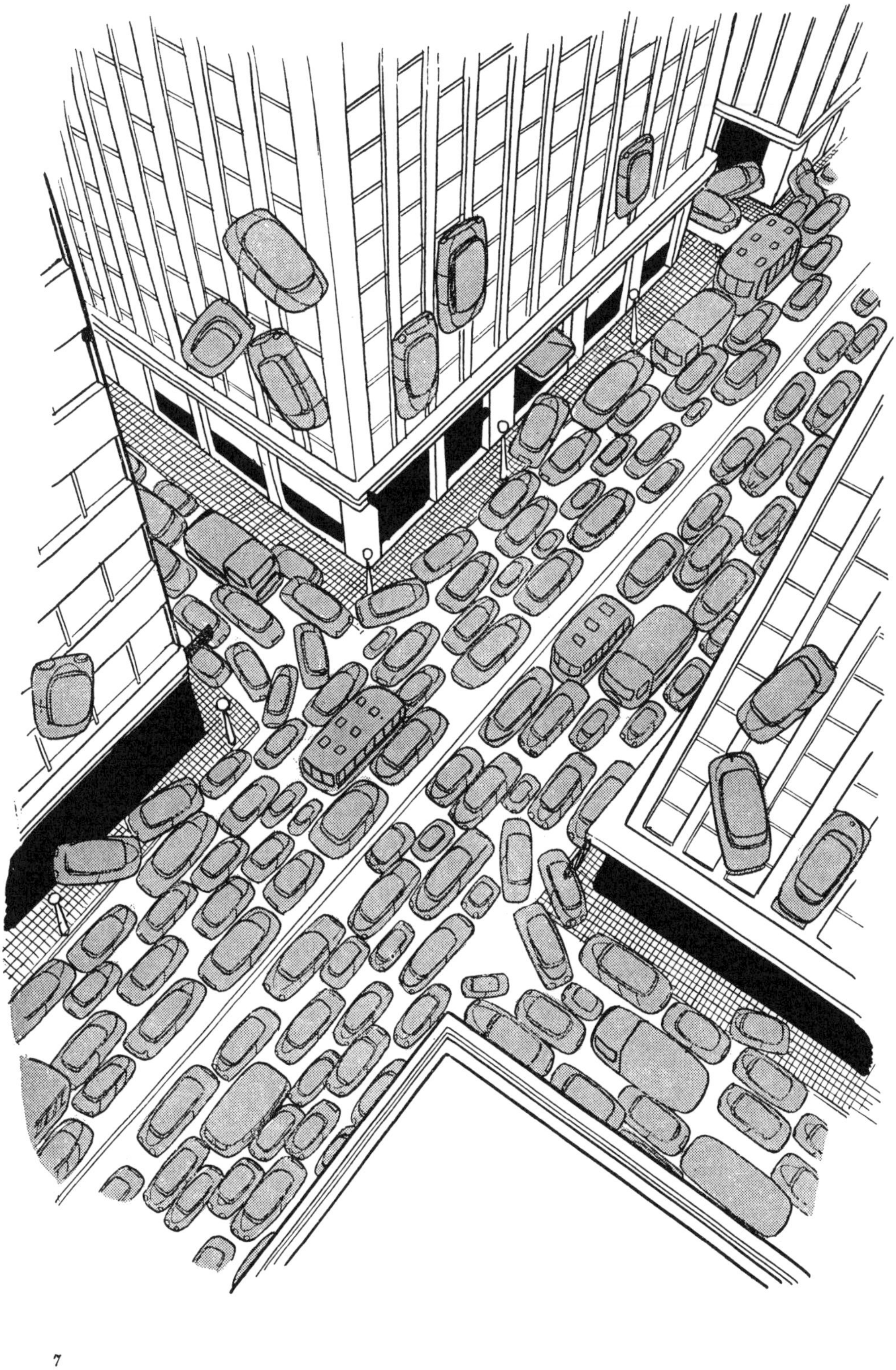

んどは交差点《こうさてん》で四方《しほう》から車《くるま》がつまってきて、もっとひどい混乱《こんらん》をおこすよ。歩《ある》いている人など、ぜんぜん渡《わた》れなくなっちゃうんだ。」

「それじゃね、車が交差点へ行くと、飛行機《ひこうき》みたいに飛《と》びこせればいいな。」

「そうなんだ。いま東京でも大阪《おおさか》でも、交差点を全部立体化《ぜんぶりったいか》する——つまり、橋《はし》をかけて、いまの平面交差《へいめんこうさ》をなくそうという計画《けいかく》をしているんだよ。」

そこで、天馬《てんま》さんは、思い出したように、

「そうそう、それでね、きょうはおもしろい事件《じけん》があったんだよ。」

と言って、またニヤリとしました。

2 銀行《ぎんこう》ギャング

「きょうのおひるごろだったよ。」

と、天馬さんはパイプをくわえなおして、

「日本橋《にほんばし》の銀行に、いきなり、ふたりの男が、ピストルを持《も》っておしこんできたんだ。」

ちょうど土曜日だったので、銀行《ぎんこう》はもう表戸《おもてど》をしめていましたし、小さな支店《してん》なので、わずかな人たちは、ピストルをつきつけられると、どうしようもありません。

ギャングはみんなをおどしながら、そこにあった現金《げんきん》——一万円札《まんえんさつ》や五千円札のタバで、五百八十万円を、ワシづかみにすると、さっと逃《に》げ出しました。

ほんの三、四分のあいだの出来事《できごと》です。銀行《ぎんこう》の人たちは、あわて非常《ひじょう》ベルを鳴《な》らしました。

警察《けいさつ》からは武装警官《ぶそうけいかん》のジープがとび出し、警視庁《けいしちょう》のパトカーも、すわとばかり七、八台《だい》が銀行へ走《はし》り出します。

ギャングは待《ま》たせてあった車《くるま》で銀座方面《ぎんざほうめん》へ逃《に》げて行きました。

もちろん、新聞社《しんぶんしゃ》もすぐ事件《じけん》と知《し》ると、無線電話《むせんでんわ》のついたラジオ・カーに記者《きしゃ》が乗《の》って出動《しゅつどう》です。

なにしろあいては、ピストルを持《も》っているというので大さわぎ。

しかし、さいわいなことに、銀行《ぎんこう》のむかいのハンコ屋《や》の主人《しゅじん》が、車のナンバーをおぼえていました。すぐパトカーに連絡《れんらく》されます。銀《ぎん》座《ざ》一帯《いったい》に捕物陣《とりものじん》がしかれました。

ところが、ギャングの車は、銀座の交通《こうつう》マヒにぶっつかってしまったのです。

江戸橋交差点《えどばしこうさてん》――ここは日本一車が混雑《こんざつ》する所ですが、ここへひっかかってしまったのです。

警官《けいかん》が、双眼鏡《そうがんきょう》で車《くるま》の列《れつ》のナンバーをいちいちしらべてゆきました。あっ、あれだ!

「いたぞ!」

無線電話《むせんでんわ》でパトカーに連絡《れんらく》。交差点の信号《しんごう》は、赤に切《き》りかえられ

ます。もう袋《ふくろ》のネズミです。

二十分後《ご》には、もうギャングもつかまえられてしまいました。

夕刊《ゆうかん》にはでかでかとのりました。

「交通《こうつう》マヒ、ギャングを捕《とら》える――」

×　×　×　×

「どうも、うれしいことなのか、なさけないことなのか、わからないや。」

ススムくんがためいきをつくと、天馬《てんま》さんは、ワッハッハッとわらいました。

「日比谷公園《ひびやこうえん》の博覧会《はくらんかい》にだって、もう車《くるま》に乗《の》っては、行《い》けませんね。」

「おっ、そうだ。だいじなことをわすれていた。おじさんはそんなわけで、きょうはちょっと忙《いそが》しいんだ。わるいけれどふたりで見に行ってくれないかな。」

天馬《てんま》さんはポケットから招待券《しょうたいけん》を二枚《まい》出すと、

「おやおや、すっかり話《はな》しこんじゃった。ススムくん、あとで埋《う》め合《あ》わせをするから、きょうはたのむね。」

――こういうわけで、ススムくんとマユミちゃんは、銀座《ぎんざ》から日比谷《ひびや》へといそぎました。もう三時すぎで、早く行かないと終《お》わってしまうかもしれません。

二十一世紀《せいき》博覧会《はくらんかい》の会場《かいじょう》は、土曜日でかなりこんでいます。

正面《しょうめん》の入口を入《はい》ると、まず月世界《げっせかい》行きのロケットが、でんと飾《かざ》ってあります。人もちゃんと乗《の》れるのです。

「月《ムーン》ロケット、ただいま発射《はっしゃ》します。お乗りの方はお早く……」

アナウンスが呼《よ》んでいます。赤と白のユニフォームを着《き》た人たちが二人、三人めまぐるしく点検《てんけん》をすませました。

「おにいちゃま、ほんとにこれ、飛《と》ぶの？」

「バカだな、模型《もけい》だもの、飛《と》ぶもんか。でも大きさはほんものと同《おな》じだし、飛び出すまでの手順《てじゅん》もほんとと同じようにやって見せるんだよ。」

カチ、カチ、カチ、カチ……

秒針《びょうしん》の音《おと》。

「発射《はっしゃ》五分まえ。」

「準備《じゅんび》OK。」

太《ふと》い男の声が流《なが》れます。

「二分まえ。」

「一分まえ。」

カチ、カチ、カチ、カチ……。

「十秒《びょう》。」

「九秒……」

「ゼロ!」

シューッ!! ロケットの尾部《びぶ》からすごい白煙《はくえん》が吹《ふ》き出しました。

ゴーッ!! つぎはホノオです。

「あの月《ムーン》ロケットが発射《はっしゃ》されるようになるのは、二十一世紀《せいき》なんだ。ね、マユミ、ここに飾《かざ》ってあるスプートニク一号《ごう》、これは一九五七年に、ソ連《れん》が打《う》ちあげた。それが、ほら、こっちのボストーク一号では、ガガーリンって人が乗《の》ったんだ。科学《かがく》のすすみ方は、ぼくたちがそだつよりも早いねえ。」

「おにいちゃま、いまのロケットの白いケムリ、あれもニセモノ?」

「ああ、あれはね、ドライアイスのケムリだよ。模型《もけい》だからな。」

「ドライアイスでロケットは飛《と》ばないわね。」

「飛ばないさ。もうそんなバカなことは言うなよ。」

「液体酸素《えきたいさんそ》か液体水素《すいそ》でなくちゃね。」

　ススムくんは、ギョッとして立ちすくみました。

「おい、マユミ！　ど、どうしてそんなことを知《し》ってるんだ！」

「それじゃ、おにいちゃまはどうして、あのケムリが、ドライアイスだって、知ってんの？」

「天馬《てんま》さんにきいたのさ。」

「マユミもよ。」

「なあんだ、こいつ……」

　ふたりはわらいながら、次《つぎ》の部屋《へや》へ行きました。

3　話《はな》しかけたロボット

「あら、これなにかしら？」

　――ピンポン玉《だま》のようなものが三つ。人工衛星《じんこうえいせい》が地球《ちきゅう》をまわっている模型《もけい》です。

「いいかい、よくごらん。三つの人工衛星は、ちょうど地球の自転《じてん》とおなじ速《はや》さで、まわっているだろう？」

「ええ。」

「だから地上《ちじょう》から見ると、空のいつも同《おな》じところに止《と》まっているように見えるんだ。」

「ふーん。おかしいわね。じゃ、いつかおにいちゃまが見た、エコー衛星《えいせい》っていうのね、あんなふうに、西の空《そら》から東へつっ走《ばし》ることはないのね。」

「うん、こいつはね、静止《せいし》衛星《えいせい》っていうんだってさ。」

「こんなもの、役《やく》に立《た》つの？」

「そこなんだよ、この衛星はね、テレビの中継用《ちゅうけいよう》なんだ。いまのテレビ放送《ほうそう》は、ローマのオリンピックでも、日本だってアメリカだって直接《ちょくせつ》には見えないだろう。あれは、その中継アンテナがなかったからさ。

だけど、この衛星《えいせい》をあげれば、こんなことは一ぺんに解決《かいけつ》しちまうんだ。つまり、これがアンテナの役目《やくめ》をして、東京オリンピックのテレビは、全世界《ぜんせかい》に放送《ほうそう》できるんだとさ。」

「へえー、べんりね。」

「だけどな、二十四時間で地球《ちきゅう》を一《ひと》まわりする人工《じんこう》衛星なら、うんと高いところへ――いまの衛星なんかより、ずっと高いところへ打《う》ちあげなければならないんだ。」

「どのくらいの高さなの。」

「うーん、そいつは忘《わす》れちゃった。」

「こんどは天馬《てんま》さんも、おしえてくれなかったの？」

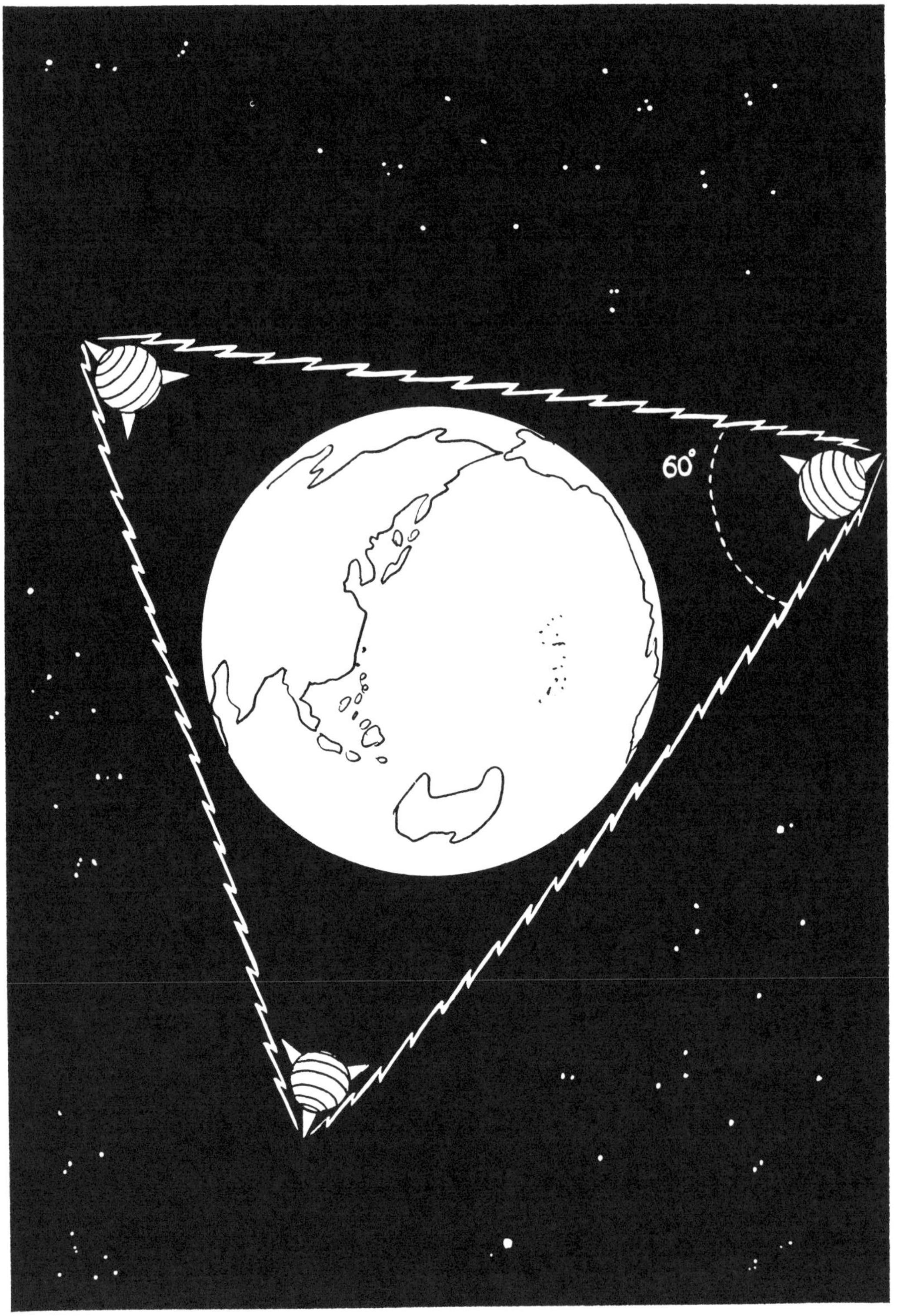
60°

「こいつめ！」

ススムくんは、マユミちゃんをこづきました。

「高さは三万五千八百二十キロですよ。」

みょうな声《こえ》がしました。

ふたりは、びっくりしてあたりを見まわしました。部屋《へや》のすみの方に、ロボットが立っています。太《ふと》った、大きなロボットです。その口から声が聞《き》こえるのです。

「毎秒《まいびょう》、三・〇七六キロで飛《と》びます。そして、この三つの衛星《えいせい》を、正三角形《せいさんかっけい》になるような位置《いち》で飛ばしますと、全世界《ぜんせかい》に、テレビの電波《でんぱ》がゆきわたります。」

ロボットは、ペラペラとしゃべり出しました。

「テレビ電波の中継《ちゅうけい》はぜんぶ自動的《じどうてき》ですし、その電源《でんげん》は太陽熱《たいようねつ》や、光《ひかり》をつかった太陽電池《でんち》ですから、永久《えいきゅう》につかえるわけですよ。そのうちに、二十一世紀《せいき》になれば、テレビだけでなく、電話《でんわ》や電信《でんしん》もこれをつかえるようになりますから、世界じゅうのどこへだって、即時通話《そくじつうわ》になります。」

「このロボットの電源《でんげん》も、太陽電池《たいようでんち》かしら？」

マユミちゃんは、そうっとロボットにちかよって、のぞきこみました。

「人間《にんげん》そっくりの声だったね、テープかな。」

「ワッハハハ……。テープより、もっとべんりなものが入《はい》っていますよ。」

ロボットはそう言うと、頭《あたま》に手をかけて、スポッとぬぎました。

「なあんだ。中身《なかみ》は人間かあ。」

「そうですよ。ロボットのかっこうで模型《もけい》の説明《せつめい》をしているのです。」

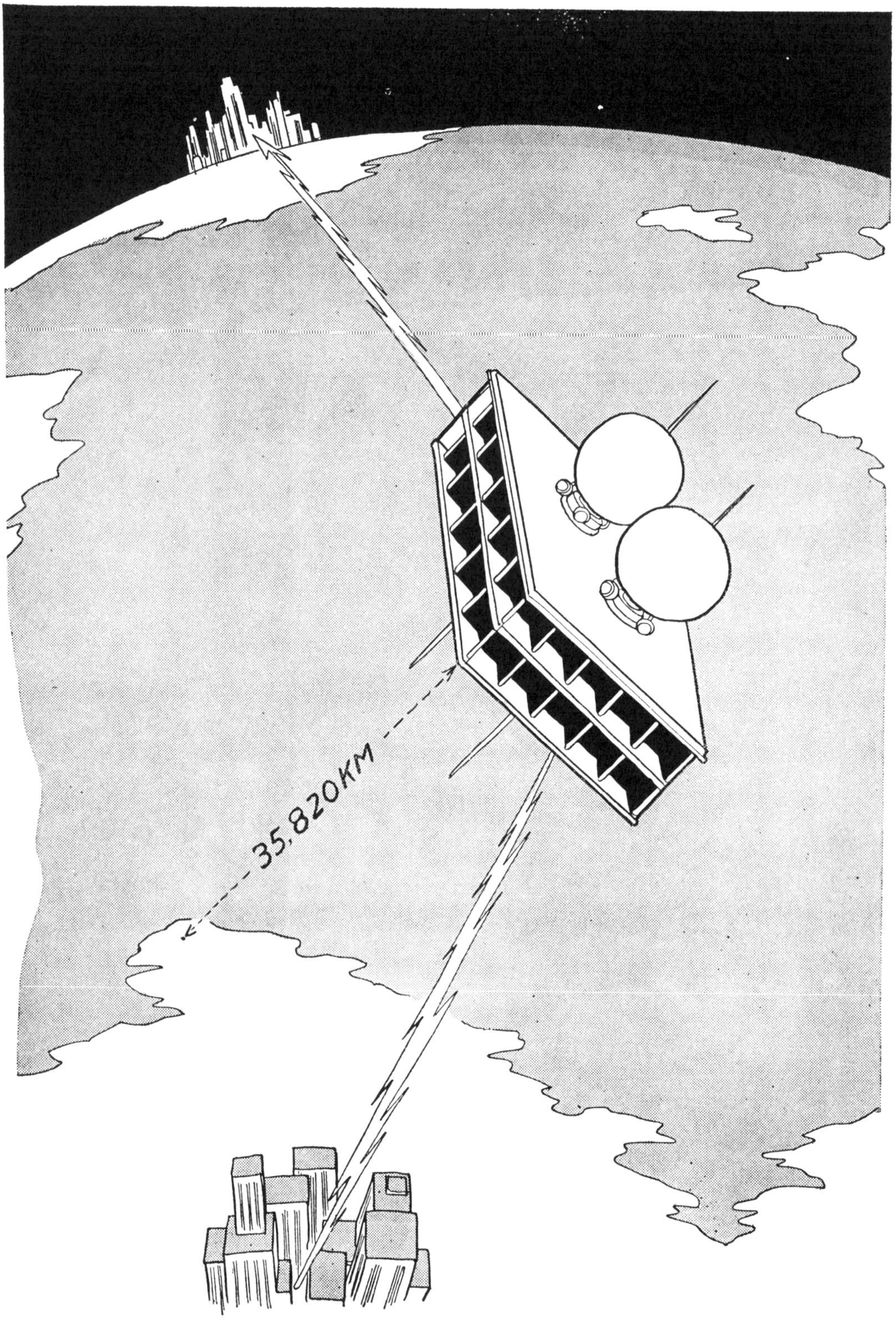
35,820KM

その人がわらいました。

「なにぶん、ふつうのすがたで説明《せつめい》すると、あんまり人が聞《き》いてくれませんのでね。」

「どうしてですか。」

「かたくるしいからでしょうね。だが、ロボットが説明するとなると、みなさん、いっしょうけんめい聞いてくれます。ワッハハハハ……。」

その人がわらうと、ロボットの胴体《どうたい》がすれあって、カランカランとブリキのような音《おと》を出すのでした。

4　ナゾの鏡《かがみ》の部屋《へや》

第《だい》二会場《かいじょう》は「二十一世紀《せいき》の医学《いがく》」を見せる会場です。

入口には「診断《しんだん》のオートメーション時代《じだい》」とか「九十歳《さい》までは生《い》きられる」などのポスターがはってあります。

「ねえ、おにいちゃま、もういいじゃない、帰《かえ》らない？」

マユミちゃんは、疲《つか》れてしまったのです。それに第二会場は、子どもよりおとなたちのための会場らしいのです。

「でも、せっかく来たのだから、全部《ぜんぶ》見て行こうよ。」

ススムくんは、いやがるマユミちゃんを引《ひ》っぱるようにして第《だい》二会場《かいじょう》に入《はい》りました。

やっぱりこんでいます。ほとんどの見物人《けんぶつにん》はおとなです。ふたりは前の方が見えません。

気《き》がつくと、白いドアのある部屋《へや》の入口に立っていました。

「あら、どうしたのかしら。人がだれもいないわ。気味《きみ》が悪《わる》いわ。」

「ほんとだ。押《お》されているうちに道をまちがえたのかな。へんな廊下《ろうか》だな。」

ススムくんも気味《きみ》が悪《わる》そうです。

「このむこう、どんな部屋《へや》があるのかしら。ひょっとすると、もとのところへ出るかもしれないわね。」

「そうだ、ちょっとあけてみようか。」

ススムくんはノブをまわして、思いきって部屋の中に入《はい》って、行きました。マユミちゃんもあとにつづきました。

「あっ。」

ふたりはおどろきました。

「なんだい、こりゃ。鏡《かがみ》の部屋《へや》だ。前にもうしろにも、右にも左にもぼくたちの姿《すがた》がうつってるじゃないか。」

「おかしいわ。上も鏡だわ。あら、床《ゆか》もだわ。わたしたち、一体《いったい》どうしたんでしょう。こわいわ。」

上下左右がぜんぶ鏡の部屋というのは、ほんとにみょうな感《かん》じです。どっちにもじぶんの姿がうつるし、おまけに正方形《せいほうけい》の部屋《へや》ではないらしく、前の鏡《かがみ》にうつった姿《すがた》は、右や左にも同じようにうつって、とても気味《きみ》が悪《わる》いのです。ススムくんは、ぞっとして、逃《に》げ出そうかと思《おも》ったくらいです。そのとき、おかしなことがおこりました。

いつの間《ま》にか、どこからともなく、白いヒゲをはやした老人《ろうじん》が、ふたりの方へ歩《ある》いて来たのです。前から来るのかと思うと、うしろからも来ます。右からも左からも。つまり、どこから来るのかさっぱりわからないのです。

ふたりがぞっとしたとき、もうすでに老人《ろうじん》は、ふたりの前に立《た》っていました。そして、意外《いがい》にやさしい声が聞《き》こえたの

です。

「こわがることはないよ。わしはふたりに、ほんものの二十一世紀《せいき》の世界《せかい》を案内《あんない》しようと思《おも》ってな、はるばるやって来《き》たのだ。」

ふたりは、体《からだ》じゅうがふるえそうになるのをがまんしました。

「おじいさんの名前《なまえ》はなんというのです。」

「わしかね。わしの名前は、そう、天馬《てんま》博士《はかせ》とでも呼《よ》びたまえ。きみたちはススムくんとマユミちゃんだったな。ワッハハハ。」

天馬博士は、つづけて言いました。

「どうだな。行ってみるかね。」

その声《こえ》には、人をさそいこむようなふしぎな力《ちから》がこもっているようでした。思《おも》わずふたりは、

「つれて行ってください。」

「おねがいします。」

と言って、ペコンと頭《あたま》を下《さ》げてしまいましたが、あとで、えらいことを言ってしまったと、考《かんが》えないわけにはいきませんでした。

「ああ、よろしい。では、ついておいで。」

天馬《てんま》博士《はかせ》というおじいさんは、さきに立って、スタスタと鏡《かがみ》のむこうに歩《ある》いて行きます。

5　未来《みらい》へふみ出《だ》した

どうもへんな感《かん》じなんです。ふたりが、おっかなびっくりでついて行くと、ふしぎなことには、鏡《かがみ》にぶつからずに、どこまでもどこまでも歩《ある》いて行けるのです。

気《き》がつくと、三台《だい》のいすがありました。そうです。とこやさんにあるようなどっしりした大きないすです。

「ふたりとも、ここへすわりたまえ。このいすはな、きみたちにわかるかな。タイム・マシンといって、未来《みらい》の世界《せかい》につれて行ってくれるいすだよ。

おとなしくすわっていたら、そのまますきな時代《じだい》の世界へ行けるのだ。そう、目をつぶりなさい。

そうそう、その前にこれを食《た》べてもらおうかな。」

天馬博士《てんまはかせ》は、ポケットからチュウインガムを三つ取《と》り出しました。

「こわがることはないよ。おいしいチュウインガムだよ。」

そう言うと、じぶんも一枚《まい》を口に入れました。

毒《どく》じゃないかと思《おも》って手を出さなかったススムくんもマユミちゃんも、思わずガムを口にしましたが、それがとってもいいにおいで、すばらしい味《あじ》なのです。

ふたりがガムをかみながらいすにすわると、モーターがビリビリと体《からだ》に伝《つた》わってきました。

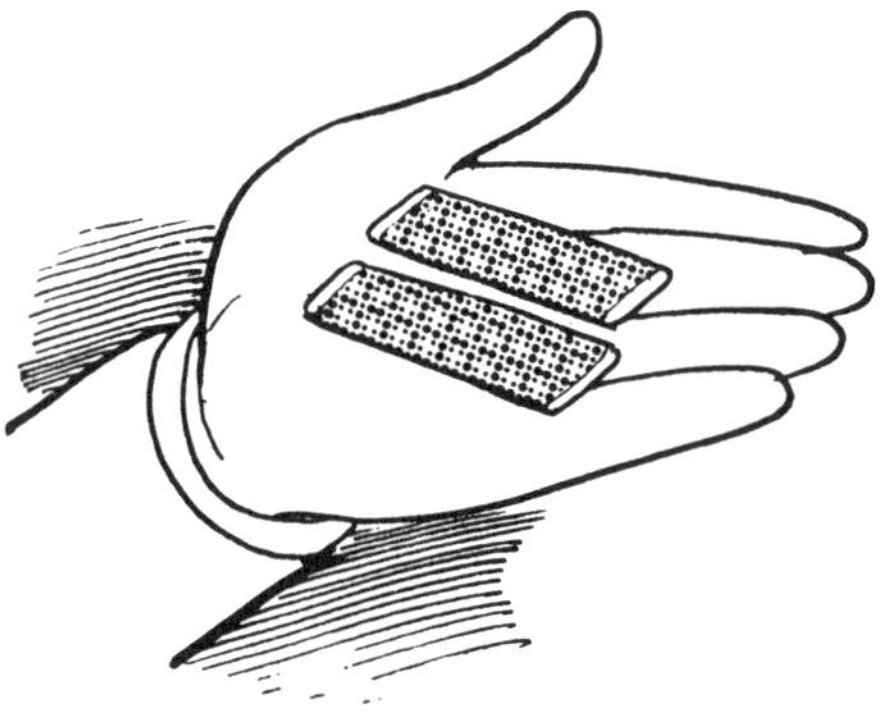

ススムくんは思《おも》わず目をつぶりました。いすの背《せ》が、ゆっくりとうしろに倒《たお》れるような気《き》がしました。

どのくらい時間がたったのでしょうか。

「さあ、きみたち、目をあけたまえ。二十一世紀《せいき》の世《せ》界《かい》にもう入っているんだ。」

博士《はかせ》の声《こえ》に、ススムくんはハッとすると、からだをおこしました。

そこには、さっきとはまったく違《ちが》った、べつの世界がひろげられていたのです。なんという世界《せかい》でしょう。なんという美《うつく》しい、ふしぎな、おどろくべき世界でしょう。

目の前には、それこそまっ赤《か》にぬった、きれいな建物《たてもの》があります。細長《ほそなが》い建物です。どうも駅《えき》らしいのです。駅とすると、ホームは、どうも階段《かいだん》を二十段ほど上《あが》ったところにひろがっているらしく、階段のわきには、エスカレーターもつい

ています。

「おかしいな。日比谷公園《ひびやこうえん》でしょう。」

マユミちゃんが、ポツリと言いました。

「ハハハ、とにかくまあおりてごらん。こっちへおいで。」

博士《はかせ》につれられて、ふたりはいすをおりて歩《ある》き出すと、ホームの上には四、五人の客《きゃく》がいるらしく、みんなこちらの方を見て、手をふっています。

「日比谷公園《ひびやこうえん》にこんなきれいな駅《えき》があるなんておかしいわね。」

「おや？」

ススムくんはみょうな顔《かお》をしました。それは、ホームのそばを、レールが一本だけとおっていたからです。一本足《あし》のレールというのはおかしいです。

そのうちに、とおくの方から、すばらしいスピードで電車《でんしゃ》が入って来ました。

その電車がまっ黄色《きいろ》なのです。そして、流線型《りゅうせんけい》で、なんともいえない、すばらしいデザインなのです。ちょうど一本のレールにまたがったようなかっこうで走《はし》って来ます。

「あっ、これはモノレールだ。」

ススムくんがさけびますと、博士《はかせ》は、

「そうだ、よく知《し》っているな。さあ、ふたりともこれに乗《の》るんだ。」

そうして、うむを言わせず、ふたりをドアの中に押《お》しこんでしまいました。

6　モノレールに乗《の》って

モノレールは、三人を乗せてスルスルと、走《はし》り出します。

日比谷《ひびや》公園《こうえん》、皇居《こうきょ》、国会議事堂《こっかいぎじどう》、そういったものはまったくありません。目に見えるものは、はんで押《お》したように規則《きそく》ただしいビルの町《まち》です。

「ここらへんに東京タワーが見えるんじゃないかしら。」

「東京タワー？　ああ、あんなものは、時代《じだい》おくれだよ。いまは、テレビ中継《ちゅうけい》は、すべて人工衛星《じんこうえいせい》でやっているからね。」

博士《はかせ》がわらって言いました。

「あれ、あれは東京港《こう》ね。」

「そうだ。あれだけはもとのまま残《のこ》っているね。しかし船《ふね》はぜんぶ原子《げんし》力船《りょくせん》だろう。

君たちの知《し》っているモノレールは、たしか上野《うえの》といったかな、上野動物園《どうぶつえん》のモノレールくらいなものだろう。あれはケーブルカーのように、懸垂式《けんすいしき》という型《かた》のものだ。つまりぶら下《さ》がる式《しき》のものだね。ところがこのモノレールは、一本線路《せんろ》にまたがったような型なんだ。

これは、むかしドイツでさいしょに実用化《じつようか》されたものだが、スピードも出るし、安全《あんぜん》なんだよ。」

と、天馬《てんま》博士《はかせ》は説明《せつめい》してくれました。

モノレールは、すごいスピードです。そして、何十階《かい》もあるまっ白なビルのまん中を、トンネルを抜《ぬ》けるように走《はし》り抜けたりします。

「こわいわ。ビルにぶつかるんじゃないかしら。」

「ハハハ、線路《せんろ》がきめられているから、そういうことは絶対《ぜったい》にないよ。」

と、天馬博士《てんまはかせ》が安心《あんしん》させますが、たしかにモノレールは、ビルのまん中めがけて、つっこんで行くようです。

東京・上野動物園《うえのどうぶつえん》のモノレール

気《き》がついたことは、このモノレールは、一本だけではありませんでした。右からも左からもたくさん走《はし》っています。

「ここはターミナルね。」

「あんなたくさんモノレール、どこへ行くのですか。」

「あの一本はね、青森行《あおもりゆ》きだよ。そう、東京から青森までは一時間半《はん》くらいで行くんだ。」

博士《はかせ》はケロリとした顔《かお》で言います。

青森《あおもり》まで一時間半。

そうすると、七百キロを一時間半。時速《じそく》四百七十キロというすばらしい速《はや》さです。

特急《とっきゅう》こだまと、もし同《おな》じところから競争《きょうそう》したとすると、こだまが東京駅《えき》を出て、まだ小田原《おだわら》を過《す》ぎて熱海《あたみ》へむかうころに、もうモノレールは大阪《おおさか》まで行ってしまうくらいの速さです。

「ススムくん、いまの飛行機《ひこうき》は時速一万五千キロぐらい、つまり東京とサンフランシスコのあいだを五十分くらいで飛《と》ぶロケット旅客機《りょかっき》になっているんだよ。」

西《にし》ドイツ・ドルトムント市《し》のモノレール

こだま　東京ー大阪　6時間半
東海道新幹線　3時間
モノレール　1時間

こいつはね、地上《ちじょう》七十五キロの高さまで飛《と》んでいって、あとはサンフランシスコめがけて滑空《かっくう》するだけなんだ。だから、正味《しょうみ》の飛行時間《ひこうじかん》は二十分くらい、着陸《ちゃくりく》に五分というわけだ。

そう、二十世紀のなかばに、ＩＣＢＭ、つまり大陸間弾道弾《たいりくかんだんどうだん》というのが最終兵器《さいしゅうへいき》と言ってさわがれたろう。あれを考《かんが》えればいいわけだ。あれに人間《にんげん》が乗《の》って、もっと安全《あんぜん》に、らくにしたものと思《おも》えばいい。しかしねえ、ススムくん、もういまの時代《じだい》では、速《はや》いとかおそいとかいうことは、それほど問題《もんだい》ではないんだよ。

いいかね。用事《ようじ》のあるときには速い交通機関《こうつうきかん》、比較的《ひかくてき》ひまのあるときにはおそい交通機関と、すきなのをえらべるわけだから、同《おな》じ大阪《おおさか》へ行くのでも、景色《けしき》をたのしみながら、ゆっくりモノレールで行くという人がかなりあるってわけさ。」

「じゃあ、ふつうの鉄道《てつどう》はどうなったのですか。」

「こだま、つばめ、あれはたいへんなものだよ。

二十世紀《せいき》を代表《だいひょう》する乗物《のりもの》なんだ。日本は、あのころやっと広軌《こうき》（線路《せんろ》のはばが広《ひろ》い鉄道《てつどう》）の東海道新幹線《とうかいどうしんかんせん》の工事《こうじ》にかかっていたので、まだじっさいには狭軌《きょうき》、つまりレールとレールのはばが一・〇六七メートルのせまいはばだったんだね。

その狭軌鉄道《きょうきてつどう》としては、こだまは世界《せかい》の新記録《しんきろく》を作《つく》ったんだ。時速《じそく》百六十三キロというから、たいへんなものさ。

だがね、時代《じだい》はどんどんすすむ。

そのころの人は、こだまが、東京—大阪間《おおさかかん》を六時間半《はん》で走《はし》ったと言ってお喜《よろこ》びしたんだけれども、東京オリンピックの年にできた東海道新幹線《とうかいどうしんかんせん》は、東京—大阪間三時間と、こだまの倍以上《ばいいじょう》のスピードじゃないか。

これが科学《かがく》というものだよ。モノレールが、東京—大阪を一時間でむすんでしまえば、もうこだまもないだろう。こだまは、いま、鉄道博物館《てつどうはくぶつかん》に飾《かざ》ってあって、おじいさんやおばあさんの、なつかしむたねになっているよ。」

「そういえば、このモノレールには、運転手《うんてんしゅ》も車掌《しゃしょう》もいませんね。」

「そうそう、むかしはね、乗物《のりもの》にはすべて運転手がついたものだ。だけどね、いまそんなものはいらないんだよ。なぜかって。このパンフレットを見てごらん。」

パンフレットには、モノレール運転《うんてん》の仕組《しく》みがこまかく書《か》いてあります。

7 パンフレットの説明《せつめい》

まずモノレールに乗《の》りたいときは、自宅《じたく》から一番近《ばんちか》い駅《えき》に、携帯《けいたい》テレビ電話《でんわ》で、「もしもし、モノレール第《だい》二三五号駅《ごうえき》さん、こちらは、電話番号《でんわばんごう》三七八〇—七八一—三番《ばん》です。いまからふたりでモノレール一九〇号駅《ごうえき》まで行きます。」と、電話《でんわ》するのです。

「はい、ちょっとお待《ま》ちください。」駅員《えきいん》は、モノレール中央駅《ちゅうおうえき》に通《つう》じる押《おし》ボタンで、「ふたり、二三五駅から一九〇駅」とたたきこみます。そうすると、一秒後《びょうご》に、「五三二列車《れっしゃ》、二号車《ごうしゃ》、十七、十八シート、OK」という答《こたえ》が出てきます。

「もしもし五三二列車の二号車で、十七、十八シートになりましたから、お宅《たく》の前のバス停留所《ていりゅうじょ》に九時十二分においでください。それから、バスの通過《つうか》は九時十三分ですから、ねんのために。」と、駅員《えきいん》が教《おし》えてくれるわけです。

これでもう万事《ばんじ》OK。バスの駅に行くと、すぐバスが来ます。バスは時速《じそく》百キロで、モノレールの二三五駅《えき》まで運《はこ》んでくれるわけです。そこにはもう、あなたの指定《してい》する番号《ばんごう》の列車《れっしゃ》が待《ま》っています。

モノレールのドアがさっと上の方に開《ひら》く。あなたたちが乗《の》ると、光電装置《こうでんそうち》のドアがしまって発車《はっしゃ》いたします。

列車《れっしゃ》の運行《うんこう》は、中央駅《ちゅうおうえき》の電子《でんし》計算機《けいさんき》によって、遠隔操作《えんかくそうさ》されているので、モノレールには乗務員《じょうむいん》はおりません。しかし、あなたのサービスをするスチュワデスはおりますから、なんなりとお申《もう》しつけください。

××行キップを一枚
おまちください
ぽんぽん
がちゃん
23-674
おとりしました
どうぞおでかけください

ススムくんがパンフレットを読《よ》んでいると、博士《はかせ》が、

「よくわかったろう。だから、もう東京とか大阪《おおさか》には人がほとんど住《す》んでいないんだ。時速《じそく》二百二十キロのスピードだから、軽井沢《かるいざわ》から東京まで三十五分さ。日本海岸《にほんかいがん》の天《あま》の橋立《はしだて》から大阪まで、これも三十分くらい。だから、なにも町《まち》の中に住《す》まなくたって、らくに行かれる。

北海道《ほっかいどう》の山の中とか、東北《とうほく》の山の中なんていうと、山のぼりなどで遊《あそ》びに行くことはあっても、そこに住むということは、むかしはほとんどなかった。東京や大阪からそこへ引《ひ》っ越《こ》すなんていうと、まるで島流《しまなが》しにあったように思《おも》っていたものだよ。

ところがいまは、日本アルプスのある長野《ながの》県《けん》から東京まで一時間たらずだ。それなら、景色《けしき》のいいところへ人がおおく住《す》むというわけだね。

いまでは、日本全国《ぜんこく》どこへ行っても、山の中でも、海の近くでも、文化《ぶんか》の違《ちが》いなんていうものはないんだ。」

「それはよくわかったんですが、じゃあ、運転手《うんてんしゅ》もいないし、モノレールのおかねはどこで払《はら》うんですか。タダで乗《の》せてくれるんでしょうか。」

「なるほど。それはね、電話《でんわ》で申《もう》しこむと、もう自動的《じどうてき》に、その人の銀行《ぎんこう》にあずけてあるおかねから、モノレールの乗車《じょうしゃ》賃《ちん》だけが引《ひ》かれるんだよ。

東京へ行って買《か》いものをしても、みんな身分証明書《みぶんしょうめいしょ》を見せるだけで、おかねなど持《も》って歩《ある》く必要《ひつよう》はない。デパートの買いものの代金《だいきん》も、とこやのさんぱつ代《だい》も、映画代《えいがだい》も、みんな貯金《ちょきん》から引《ひ》いてくれるんだ。

サラリーマンの月給《げっきゅう》は、いまは週給制《しゅうきゅうせい》で、給料《きゅうりょう》も金曜日の夕方《ゆうがた》には、その人の貯金通帳《ちょきんつうちょう》に入ってしまうんだ。

もっとも小《こ》ゼニは、やっぱり持《も》っていないとふべんかな。ほら、これをごらん。」

「あら、このおかね、かるいわね。」

マユミちゃんがびっくりしました。

「これは、ポリエステルやチタンで作《つく》られているんだ。いろんな自動販売機《じどうはんばいき》で、たばことか品物《しなもの》を買《か》うときには困《こま》るからね。」

「おや、ごらん。」

いきなり博士《はかせ》が窓《まど》の外を指《ゆび》さしました。

「君たちがあまり熱心《ねっしん》に聞《き》くんで、わたしも気《き》がつかなかったが、ほら、もう富士駅《ふじえき》に着《つ》いてしまっているよ。」

なるほど、いつの間《ま》にか、乗客《じょうきゃく》はみんなおりてしまっていました。

三人がドアの外へ出ると、モノレールは、スッとまた出発《しゅっぱつ》です。

「あら、富士山《ふじさん》ね。ちっとも変《か》わらないわ。」

マユミちゃんが指《ゆび》さしました。

「そうだ。富士山だけはむかしのままなんだ。ほら、宝永山《ほうえいざん》がふくれているだろう。」

「きれいねえ。」

「うん、やっぱり日本の代表《だいひょう》の山だなあ。」

ススムくんとマユミちゃんは、よく知っている富士山の姿《すがた》なのに、しばらくものも言わないで、見とれているのでした。

第《だい》2章《しよう》

ロケット基地《きち》

1　指令《しれい》で沸《わ》いていたコーヒー

富士山《ふじさん》のすそ野《の》は、月世界行《げっせかいゆ》きのロケットの基地《きち》です。

目のとどくかぎり、高さ八十メートルから百五十メートルくらいのロケットが、ビルよりもするどく、空を向《む》いて林《はやし》のようにつっ立っています。百五十メートルというと、東京タワーが三百三十メートル、ちょうど展望台《てんぼうだい》のところで百二十メートルですから、まるで小型《こがた》の東京タワーがニョキニョキ立っているようです。

その基地には、はば二百メートルくらいもある広《ひろ》い道路《どうろ》がとおっていて、道の中央《ちゅうおう》には、芝生《しばふ》のグリーン・ベルトがあります。

基地《きち》の入口《いりぐち》にあるオール・プラスチックのかわいい家へ、博士《はかせ》はふたりを案内《あんない》しました。

「さあ、コーヒーが沸《わ》いているはずだよ。一ぱい飲《の》もう。」

ふたりをいすにすわらせると、台所《だいどころ》に立って行きました。

まだ小さいマユミちゃんは、高《たか》いモダンないすに腰《こし》をかけるのがやっとです。

「先生《せんせい》、これ高すぎるわ。」

「なるほど、なるほど。こりゃ失礼《しつれい》した。」

博士《はかせ》はあわてて戻《もど》って来ると、壁《かべ》のボタンを押《お》しました。すると、いすは、スルスルと、小さなマユミちゃんにちょうどいい高さまで低《ひく》くなりました。

「さあ、コーヒーを飲《の》みたまえ。」

「あれ、おかしいな。だれも人がいないのにコーヒーが沸《わ》いていたの。」

「ああ、このコーヒーかね。これは、君《きみ》たちと一《いっ》しょにモノレールに乗《の》る前《まえ》に、指令《しれい》を出しといたんだよ。指令というと大げさだな。つまり東京の事務所《じむしょ》でボタンを入れておけば、この事務所の機械《きかい》が自動的《じどうてき》に働《はたら》いて、コーヒーを沸《わ》かしてくれるんだ。」

「ああ、そうですか。リモート・コントロールってやつですね。」

「そうそう、よく知《し》ってるな。つまり、遠《とお》くはなれたところから、ものを動《うご》かしているわけだ。」

「ぼくたちのころには、リモコンなんて、あまりつかっていなかったな。おもちゃではよく見《み》たけど。」

「しかし君《きみ》のころも、非常《ひじょう》に重要《じゅうよう》な仕事《しごと》には、かならずリモコンがつかわれたんだ。たとえば月の裏《うら》がわを撮影《さつえい》したソ連《れん》の人工衛星《じんこうえいせい》からのフィルムを地上に電送《でんそう》するときなんか、あれはりっぱなリモート・コントロール装置《そうち》な

んだよ。それから大陸間弾道弾《たいりくかんだんどうだん》の方向修正《ほうこうしゅうせい》、あれもそうだな。いまはリモコンは平和《へいわ》の目的《もくてき》に、いやすべての生活《せいかつ》に普通《ふつう》につかわれるようになっているわけさ。そうだ。コーヒーを飲《の》んで一休《ひとやす》みしたら、ふたりで町《まち》まで行《い》って、身体検査《しんたいけんさ》を受《う》けて来たまえ。案内《あんない》には、ちゃんと君たちくらいの少年《しょうねん》を呼《よ》んであるんだよ。ウフフフ。」

と、博士《はかせ》は含《ふく》みわらいをして、いきおいよく手をたたきました。

2

時速《じそく》百三十キロの自動車《じどうしゃ》

ドカドカと足音《あしおと》がして、元気《げんき》そうな少年がふたりかけこんで来ました。

「こんにちは。」

「こんにちは。」

「ススムくん、マユミちゃん、いらっしゃい。」

「さあ、ふたりとも、ススムくんたちに名乗《なの》りたまえ。」

「ぼく、エイちゃんです。本名《ほんみょう》は英二《えいじ》って言うんですが、みんなはエイちゃんと呼《よ》んでいます。それから、この子は美智夫君《みちおくん》。ミッちゃんと言います。よろしく。」

少年たちはペコリと頭《あたま》を下《さ》げました。

ススムくんは、目を白黒《しろくろ》させてふたりを見上《みあ》げました。見上げると言《い》ったのは、ふたりともすごく背《せ》が高《たか》いのです。まるで五つか六つ上級生《じょうきゅうせい》のような感《かん》じです。

ススムくんがモジモジしていると、博士《はかせ》が、

「いまの日本人はね、みんな大きくなったんだよ。二十世紀《せいき》の後半《こうはん》、つまりススムくんの時代《じだい》から見ると、身長《しんちょう》で平均《へいきん》十センチ、体重《たいじゅう》で十キロくらい大きいんじゃないかな。もっとも君たちだって、一九〇〇年ごろにくらべると、かなり大きくなっているからね。これは、栄養《えいよう》のとり方《かた》とか生活《せいかつ》の仕方《しかた》で変《か》わってきたからなんだ。牛乳《ぎゅうにゅう》、タマゴ、肉《にく》などをおおく食《た》べるようになったら、どんどん体格《たいかく》がよくなるんでね。」

博士の説明《せつめい》によりますと、牛乳《ぎゅうにゅう》は、いま、ひとり一日平均約《へいきんやく》一リットルも飲《の》んでいるんだそうです。二十世紀では、アメリカ人が〇・五六リットル、日本人はその五十分の一くらいしか飲みませんでした。考《かんが》えると、これだけでもずいぶん変《か》わったものです。

子どもたち四人は外《そと》へ出《で》ました。そこには、ロケットをそのまま横《よこ》にしたような水色《みずいろ》の美《うつく》しい車《くるま》がとまっていました。車体《しゃたい》は低《ひく》く、全体《ぜんたい》はロケットのように流線型《りゅうせんけい》で、おしりには三角形《さんかっけい》の三つのつばさがついています。乗物《のりもの》の中は、ちょっとした応接間《おうせつま》のように、ゆったりとした腰《こし》かけが向《む》かい合《あ》っており、テーブルまであります。自動車《じどうしゃ》というにはあまりに豪華《ごうか》でりっぱです。

「運転手《うんてんしゅ》もいないね。ああ、そうか、これもリモート・コントロールかい。」

「運転手、そんなものいらないよ。運転《うんてん》しなきゃ走《はし》らない自動車なんて、いまの時代《じだい》には数台《すうだい》くらいしか残《のこ》っていないいんじゃないかな。」

四人が向《む》かい合《あ》っていすにすわると、車はすべるように走《はし》り出しました。ほんとうに、フワッと浮《う》いたような感《かん》じです。スピード・メーターは、六〇、七〇、八〇、九〇と、カチカチと動《うご》いて、一三〇という数字《すうじ》まであがりました。

「時速《じそく》百三十キロか、驚《おどろ》いたな。」

ススムくんは、きゅうにガバッと腰《こし》を浮《う》かせると、

「わかった。これは高周波《こうしゅうは》自動車《じどうしゃ》だね。」

エイちゃんはうなずきました。

「そうか、一度《いちど》乗《の》ってみたいと思《おも》っていたんだ。」

「おにいちゃま、高周波自動車ってなあに。」

高周波《こうしゅうは》自動車《じどうしゃ》というのは、高周波電流《でんりゅう》のケーブルを埋《う》めた道路《どうろ》を走《はし》るとき、自動車《じどうしゃ》の底《そこ》についている受信装置《じゅしんそうち》で電磁場《でんじば》をとらえて車輪《しゃりん》をまわすというしくみの自動車なんです。走り出すと、この車輪もじつは必要《ひつよう》がありません。ちょうど飛《ひ》行機《こうき》のように、道路《どうろ》上《じょう》を浮《う》いたまま走《はし》るというわけで、モノレールが空飛《そらと》ぶ電車《でんしゃ》なら、こちらは空飛ぶ自動車というわけです。ただどこでも高周波帯道路《こうしゅうはたいどうろ》があるわけではありませんから、普通《ふつう》の草原《そうげん》や山を走っているときなどは、車輪《しゃりん》を出して、普通の車に切《き》りかえます。それと同時《どうじ》に、自動車《じどうしゃ》のレーダーが、四、五キロくらい先《さき》の障害物《しょうがいぶつ》まで見つけて、自動的《じどうてき》にエンジンをストップさせますし、注意《ちゅうい》のブザーを鳴《な》らします。ですから、道路交通事故《どうろこうつうじこ》というものは、まったくないというわけです。もっともこのレーダー装置《そうち》を交通機関《こうつうきかん》につかったのはかなり古《ふる》くて、ススムくんの生活《せいかつ》していた二十世《せい》紀《き》でも、国鉄《こくてつ》でさかんに研究《けんきゅう》していました。この方法《ほうほう》は、アメリカのグーボーという人が発見《はっけん》したGラインと呼《よ》ばれるプラスチックの棒《ぼう》を線路《せんろ》の上に敷《し》きつめておくと、三キロ先《さき》の障害物《しょうがいぶつ》も、レーダーで発見できるのです。

自動車《じどうしゃ》は、まことに快適《かいてき》に走りつづけています。あんがい富士山《ふじさん》のすそ野《の》は、まだ林《はやし》が一ぱいです。この林は、何十年も前に植林《しょくりん》して、それがそのまま切《き》り払《はら》われもせずに、こうして育《そだ》ってきたものです。

「むかしと変《か》わらないなあ。」

「そうとも限《かぎ》らないさ。ほら、あれをごらん。あれはロケット基地《きち》の町《まち》だ。むかしは富士市《ふじし》と言ったがね。」

二十階《かい》も三十階ものビルが並《なら》んだ町《まち》へ入って行きました。

「このへんは標高《ひょうこう》千メートルくらいの高《たか》さだよ。」

自動車《じどうしゃ》は大きなカーブを切《き》ると、ビルの五階、六階という高さの道路《どうろ》を走《はし》りぬけます。

都市《とし》といっても、町の中は家《いえ》よりも森《もり》や林《はやし》や公園《こうえん》の面積《めんせき》の方がずっとおおいのです。だから、ほんとうにミドリの町といった感《かん》じです。エイちゃんの説明《せつめい》では、こういった高原都市《こうげんとし》は全国《ぜんこく》に二十もあるそうで、ここから東京へ、モノレールやヘリコプターのタクシーで、毎日出勤《まいにちしゅっきん》する人もおおいということです。

3 無《む》人《じん》のタクシー

自動車《じどうしゃ》は、総《そう》プラスチック製《せい》のムラサキ色《いろ》のビルの前にとまりました。今《こん》度《ど》はミッちゃんが声《こえ》をかけました。

「開《ひら》け。」

パッとドアが開きました。

「わたしにもやらせて。」

マユミちゃんが、気《き》どって、

「ゴマ。」

と言います。エイちゃんは、アラビアン・ナイトの話《はなし》を知《し》らないのか、キョトンとしています。

　このムラサキ色《いろ》のきれいなビルは宇宙旅行局《うちゅうりょこうきょく》の事務所《じむしょ》で、旅行者《りょこうしゃ》の身体《しんたい》検査所《けんさじょ》は二階《かい》にあります。部屋《へや》の中も、壁全体《かべぜんたい》が薄《うす》ムラサキです。これが全《ぜん》部《ぶ》プラスチックですから、すきとおるような、とてもきれいな色《いろ》です。

　白いガウンを着《き》た若《わか》い先生《せんせい》が出て来て、わらいながら、ススムくんとマユミちゃんを診察室《しんさつしつ》に入《い》れてくれました。見たこともないいろいろな機械《きかい》が並《なら》んでいます。

「あれでおなかでも切《き》られちゃうんじゃないの。」

　マユミちゃんはこわそうに言いました。ところがこの部屋《へや》には特別《とくべつ》の音響《おんきょう》装置《そうち》とマイクが仕《し》こんであるので、マユミちゃんの言った声《こえ》は、ものすごく大きな声になって、ガンガンひびきました。先生《せんせい》はこらえ切《き》れなくなって、

「ワッハッハッハッ。」

と、わらいころげました。

「大丈夫《だいじょうぶ》だ、大丈夫だ。なに、洋服《ようふく》を着《き》たままで診察《しんさつ》できるんだから。」

　マユミちゃんをまん中のいすにすわらせると、先生は机《つくえ》の上のボタンを六つほどトントントンと押《お》しました。

「ジー。」

機械《きかい》の動《うご》く音《おと》、壁《かべ》に赤《あか》ランプがつきます。十二、三秒《びょう》すると、今度《こんど》はむこうのテレタイプが「カチカチカチカチ。」と動いて、なにかを記録《きろく》しています。

「はい、これで終《おわ》り。」

マユミちゃんは、あっけにとられたように先生《せんせい》を見上《みあ》げました。

「今度《こんど》はススムくんだ。」

こうしてふたりの診察《しんさつ》が終ったのはわずか一分《ぷん》。そのあいだにテレタイプは、ふたりの診断書《しんだんしょ》を作《つく》ってしまいました。

「ええと、ふたりとも心臓《しんぞう》も脳神経《のうしんけい》も異常《いじょう》なし。宇宙旅行《うちゅうりょこう》の適正検査《てきせいけんさ》は合格《ごうかく》です。」

若《わか》い先生は、マイクで基地《きち》の天馬博士《てんまはかせ》のところに報告《ほうこく》しました。

「さあ、君たちは月世界《げっせかい》へ行ける資格《しかく》ができたんだよ。」

先生は握手《あくしゅ》をしてくれました。

「よかったね。」

ミッちゃんとエイちゃんも入ってきて、祝福《しゅくふく》してくれました。

「さあ、帰《かえ》ろう。」

四人が道路《どうろ》に出ると、ススムくんはびっくりしました。

「あっ、車《くるま》がない。ぬすまれたんだな。」

エイちゃんは、

「ああ、車か。さっき博士《はかせ》から電話《でんわ》があってさ。ロケットの準備《じゅんび》に行くから、すぐかえしてくれって言って来たんだ。博士《はかせ》のもう一台《だい》の

あっ車がならわ

車は、いま定期検査《ていきけんさ》で工場《こうじょう》へ持《も》って行ってあるのでね。」

「えっ、車《くるま》がひとりで帰《かえ》って行っちゃったの。イヌみたいだな。」

「ススムくん、訂正《ていせい》したまえよ。君たちがすぐドロボーを考えるのは、二十世紀的《せいきてき》だぜ。この二十一世紀にはドロボーなんて、およそいないんだ。だれもかれも満足《まんぞく》な生活《せいかつ》をしているから、苦《くる》しみや心配《しんぱい》がないんだもの、ドロボーなんかするだけむだというわけだよ。」

エイちゃんは、そっくりかえって自慢《じまん》します。

「というわけで、帰《かえ》りはタクシーさ。ついでに町《まち》の中を少し案内《あんない》しよう。」

タクシーは、道路《どうろ》のグリーン・ベルトのわきに二、三台《だい》とまっていました。もちろん無人《むじん》です。ドアのわきの小さなボックスに、ミッちゃんが自分《じぶん》の身分証明書《みぶんしょうめいしょ》を入れました。

「パチリ。」

ドアがゆっくり開《ひら》きました。

「身分証明書《みぶんしょうめいしょ》が、タクシー会社《がいしゃ》の受像機《じゅぞうき》に合図《あいず》するわけさ。」

と、エイちゃんはさっさと車の中に乗《の》りこもうとします。マユミちゃんがそれを見て、

「あら、二十一世紀《せいき》ではレディ・ファーストじゃないの?。」

「いけねえ、失礼《しつれい》しました。」

エイちゃんは最敬礼《さいけいれい》をしました。そのとたんに、ドアのかどで頭《あたま》をコツン。

「痛《いた》い。」

エイちゃんは飛《と》び上《あ》がりました。

「あら、エイちゃんの頭にもレーダーをつけとけばいいことよ。」

「こいつはやられたな。」
エイちゃんはにがわらいしました。

4　エントツはいらない

車《くるま》は町《まち》の中心部《ちゅうしんぶ》へ走《はし》って行きました。まるで公園《こうえん》の中に都市《とし》があると言った方《ほう》がよさそうです。

この二十一世紀《せいき》の町では、市民《しみん》ひとりあたり八十平方《へいほう》メートルという公園率《こうえんりつ》で、むかし大阪や東京の公園率《こうえんりつ》が、ひとりあたり一平方《へいほう》メートルだったのにくらべると、ざっと八十倍《ばい》です。ミドリの林《はやし》、きれいに手入《てい》れした芝生《しばふ》、そして噴水《ふんすい》が勢《いきお》いよく水を吹《ふ》き上《あ》げています。

「ここはどこ？　なんという公園？」

「公園《こうえん》だって？　ここは工場地《こうじょうち》帯《たい》さ。」

広《ひろ》い芝生《しばふ》のまん中《なか》に、まっ白《しろ》いビルが十むねも二十むねも並《なら》んでいて、ちょうどアパート団地《だんち》のような感《かん》じです。

「工場《こうじょう》なの？　エントツがないじゃないの。」

「エントツはもういらないんだよ。電気《でんき》が安《やす》いだろう。なんでも電気でやっているんだ。第一煙《だいいちけむり》が出ても、全部《ぜんぶ》化学《かがく》処理《しょり》しちゃうから、外《そと》に煙は出ないよ。」

言われるとおりです。二十世紀《せいき》の東京では、エントツがざっと十万本《まんぼん》ありました。これらが、モクモクと毎日《まいにち》毎日黒《くろ》い煙《けむり》、黄色《きいろ》い煙、茶色《ちゃいろ》の煙を吐《は》くのですから、たまったものではありません。空気《くうき》はよごれっぱなし、人はまっ黒《くろ》です。大阪も神戸《こうべ》も横浜《よこはま》も、都市《とし》という都市は、どこもかしこもエントツの煙で、ほんとうに不衛生《ふえいせい》でした。冬《ふゆ》はビルなどで暖房用《だんぼうよう》

SMOG

の石炭《せきたん》をたくので、空気《くうき》のよごれがことにひどく、ときには、スモッグという都市特有《としとくゆう》のモヤにおおわれました。ちょっときたない例《れい》ですが、立小便《たちしょうべん》をするのはいけないことだし、二十世紀《せいき》でもほとんどの人はやりませんでした。ところがエントツの煙《けむり》は、ちょうど立小便のようなものなのに、むかしは平気《へいき》で大空《おおぞら》に吐《は》き出《だ》していたのです。このために市民《しみん》はまっ黒《くろ》な空気を吸《す》いこみ、またこれがあたりまえのように思《おも》ってあきらめていました。

いまでは違《ちが》います。そんな黒い煙を出そうものなら、空気《くうき》をよごした罰《ばつ》として、工場《こうじょう》の責任者《せきにんしゃ》は厳重《げんじゅう》に処罰《しょばつ》されます。それに電気代《でんきだい》も安《やす》くなったから、そんなことは一切《いっさい》ありません。

電気は原子力《げんしりょく》発電《はつでん》、太陽熱《たいようねつ》発電、地熱《ちねつ》発電などがあり、むかしの火力《かりょく》発電や水力《すいりょく》発電にかわったので、電気代《でんきだい》がとても安くなりました。むかしは一キロワット時《じ》四円《えん》から十円程度《えんていど》だったのに、いまでは一円以下《いか》という安さです。一月《ひとつき》に電気《でんき》を五十キロワット時使用《しよう》していた家庭《かてい》が、電気代五百円はらったとしましょう。その五百円なら、いまではじつに五百キロワット以上《いじょう》の電気《でんき》がつかえるわけです。まるで水《みず》のようにふんだんにつかえます。こういったエネルギーの安さが生産《せいさん》の増加《ぞうか》をきたして、都市《とし》の姿《すがた》を変《か》えたのです。

「ミッちゃん、もし化学工場《かがくこうじょう》などで、捨《す》てたいガスなんかが出たとき、どうするの?」

「そういうときにはね、あそこに赤《あか》い消火栓《しょうかせん》のようなものが見えるでしょう。あれは下気道《げきどう》と呼《よ》ばれる処理《しょり》装置《そうち》なんだ。」

「ゲキドウ?」

「そう。二十世紀《せいき》の東京や大阪では、下水道《げすいどう》というものがあって、きたない水を処分《しょぶん》していたでしょう。いまでも下水道はあるけど、ほかにこれと同《おな》じように、よごれた空気《くうき》を処理《しょり》する下気道《げきどう》があるんだよ。だから、そうしたガスが工場《こうじょう》から出ると、これを下気道で吸《す》いこんで処分《しょぶん》してしまうのさ。家庭《かてい》や学校《がっこう》や集会場《しゅうかいじょう》でも、みんなこの下気道がパイプでつながっていて、ちょっとでも空気がよごれると、全部《ぜんぶ》これに流《なが》れこんでいるんだ。」

「市《し》の衛生局《えいせいきょく》では、毎日町《まいにちまち》のあっちこっちで、空気中《くうきちゅう》の酸素《さんそ》の工合《ぐあい》とごみの工合をはかっているんだ。もし空気がちょっ

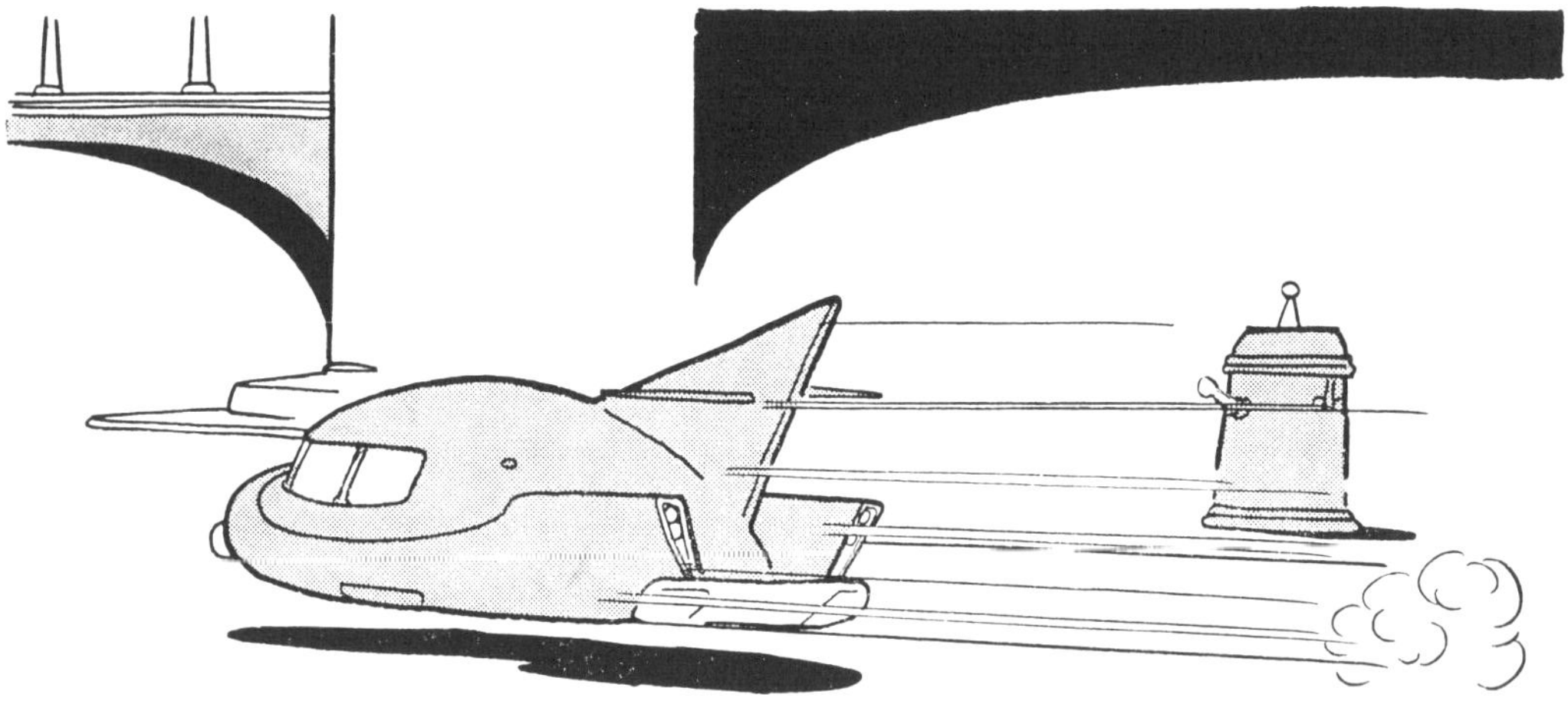

すい

とでもにごっていると、ほらあそこに見える青《あお》くぬったポストみたいなもので、そう、あそこから酸素《さんそ》を町《まち》の中へ送《おく》り出すんだ。とってもきれいな酸素をね。」

だんだんこの町の驚《おどろ》くべき設備《せつび》がわかってきました。

「まだほかに、ぼくたちの時代《じだい》と変《か》わったことがあるの？」

「あるとも。あそこをごらん。あの右手《みぎて》のまるい家《いえ》。あれ、なんだかわかるかい。ほら、またある。あれさ。」

なるほど、三百メートルくらいごとに、赤《あか》と白《しろ》にそめ分《わ》けられたまるい家があります。

「わからないな。」

「あれはね、投票場《とうひょうじょう》なんだよ。二十一世紀《せいき》は投票狂時代《とうひょうきょうじだい》だってだれかが言ってたけれど、すごいんだぜ。」

投票と言うと、二十世紀の人間《にんげん》は、一枚《まい》の紙《かみ》に鉛筆《えんぴつ》で名前《なまえ》を書《か》くか、○や×をつけて、ひとりひとり投票箱《とうひょうばこ》に入れるあの投票を思《おも》い出します。いまはちょっと違《ちが》います。投票者《とうひょうしゃ》はこの赤白の家の前に来て、投票ボックスに入《はい》り、ボタンを押《お》せばいいのです。ボタンを押すと同時《どうじ》に、全国《ぜんこく》の投票《とうひょう》センターのコンピューターにそれが入り、そのまま集計《しゅうけい》していくので、むかしみたいに開票《かいひょう》とかいう手間《てま》はいっさいないのです。ですから、一度《ど》に五つも六つも違《ちが》った投票をやっても、きちんと電子計算機《でんしけいさんき》が集《あつ》めますから、その結果《けっか》はすぐにわかるわけです。

「こんなことは、二十世紀《せいき》にはなかったんでしょう。」

と、エイちゃんが自慢《じまん》します。

5　ねころんで映画見物《えいがけんぶつ》？

「そうだ。図書館《としょかん》に行ってみようか。」

六角形《かっけい》の見るからに気持《きもち》のよさそうなビル。まるで別荘《べっそう》のように林《はやし》の中《なか》に建《た》っています。中はガランとしています。

「これが図書館なの？」

「まあ、ぼくのやるのを見ててごらん。」

エイちゃんは、入口《いりぐち》のテレビ電話機《でんわき》を取ると、押《お》しボタンを押《お》しました。

「もしもし、中央図書館《ちゅうおうとしょかん》ですか。こちらは富士《ふじ》図書館です。そうですね。いまの日本の姿《すがた》を書《か》いた本《ほん》が見たいんですけれど……」

エイちゃんが電話《でんわ》に言うと、

「はいはい。」

と言う若《わか》い女の係員《かかりいん》の声《こえ》がしました。テレビの受像機《じゅぞうき》にカチリと音《おと》がして、〝日本のきのうきょう〟〝日本のすべて〟〝世《せ》界《かい》と日本〟〝二十一世紀《せいき》の日本〟などという本の題名《だいめい》がどんどんうつって行きます。

「おっと、ストップ。その〝二十一世紀の日本〟を見せてください。えっ、こちらは四人です。はい。三〇二号室《ごうしつ》ですね。わかりました。」

と言うと、電話《でんわ》を切《き》りました。

「さあ行くんだ。」

四人はエスカレーターに乗《の》りました。

三〇二号室《ごうしつ》。ススムくんが驚《おどろ》いたのは、ちょうどベッドのように背中《せなか》の倒《たお》れるいすが四つ並《なら》んでいるのです。

「早くかけなよ。始《はじ》まるぜ。」

四人が、すわるというよりもねころぶと、ブーブーと二度《ど》ブザーが鳴《な》ってから、天井《てんじょう》のスクリーンに、〝二十一世紀《せいき》の

二十一世紀のあゆみ
二十一世紀の記録
二十二世紀への階段
こどものための二十一世紀史
二十一世紀の科学
20世紀から21世紀へ

日本〟という字《じ》がうつし出されました。

「なあに。これじゃ、映画《えいが》を見ているのと同《おな》じじゃないの。」

マユミちゃんはあきれて言いました。

中央図書館《ちゅうおうとしょかん》は東京にあって、一億冊《おくさつ》からの本がそなえてあるということで、これを読《よ》みたいときには、こうして、各都《かくと》市《し》の図書館から電話《でんわ》をすれば、電波《でんぱ》でその本をうつして見せてくれるというしくみです。わざわざ図書館《としょかん》に来《こ》なくても、自宅《じたく》から直接《ちょくせつ》申《もう》しこんで、自分《じぶん》の家《いえ》のスクリーンにうつしてもらってもいいわけです。

「ねえ、もしあの本の中で書《か》きとめておきたいなと思《おも》うときはどうするの。」

「そのときはね、ほら、君たちの時代《じだい》に発明《はつめい》されたビデオ・テープ、あれがどこにでもそなえつけてあるから、それで録《ろく》画《が》すればいいんだ。」

エイちゃんは、ふと時計《とけい》を見ました。

「おやおや、ずいぶん道草《みちくさ》を食《く》ってしまったね。天馬博士《てんまはかせ》におこられちゃうから、もう帰《かえ》ろうか。」

四人を乗《の》せた自動車《じどうしゃ》は、天馬博士の事務所《じむしょ》に向《む》かって走《はし》り出しました。ススムくんはふしぎそうな顔《かお》をして言《い》いました。

「もう一つ聞《き》きたいことがあるんだが、いいかな。」

「いいとも。」

「じゃあ聞くけど、わらうなよ。君たち、学校《がっこう》には行っているんかい、じっさいに。」

「なんだい、そんなことか。そりゃ週《しゅう》二日の休《やす》みのほかは毎日《まいにち》行ってるさ。」

「行ってるって、いつ行くの。」

「そうだね。朝《あさ》二、三時間《じかん》出れば、それでじゅうぶんなんだ。」

「予《よ》習《しゅう》や復習《ふくしゅう》や、そう、宿題《しゅくだい》なんかあるんかい。」

「宿題、ああ、うちにいるときはね、テレビで勉強《べんきょう》すりゃいいんだよ。それからシンクロリーダーをつかっているよ。」

「シンクロリーダーってなあに。」

「シンクロリーダーって音《おと》の出る紙《かみ》のことだろ。ぼくたちの時代《じだい》にもあったよ。」

と、ススムくんはマユミちゃんに説明《せつめい》しました。

「へえ、じゃあ教科書《きょうかしょ》はみんなシンクロリーダーなんですか。」

「そんなことはないさ。教科書は、ただの紙じゃなくて、プラスチックに印刷《いんさつ》してあるんだ。これだと、消毒《しょうどく》もできるし、洗《せん》たくも自由《じゆう》だからね。」

「教科書を洗たくするの？　おかしいわ。」

「だけど、このプラスチック教科書《きょうかしょ》がすごくくわしいんで、たいへんな量《りょう》なんだよ。だから教科書はみんな教室《きょうしつ》のロッカーの中に入れておくのさ。」

「教科書をずっと置《お》いておくの。いちいち出したり入れたり、勉強《べんきょう》に不《ふ》便《べん》ね。」

「そうでもないよ。授業《じゅぎょう》は全部《ぜんぶ》録音《ろくおん》してあるから、わからなかったら、それを聞《き》きなおせばいいわけさ。それでもわからなかったら、電子頭脳《でんしずのう》に聞くと、ちゃんと答《こたえ》を出してくれるよ。おうちへ帰《かえ》ったら、テレビを見《み》たり、遊《あそ》ぶだけさ。」

「遊《あそ》ぶ?」

「そう。」

「遊ぶって、あなたたち、どんなことして遊ぶの。」

「西部劇《せいぶげき》ごっこなんかするかい。プロレスごっこは?」

エイちゃんは、ニヤニヤして答《こた》えませんでした。ススムくんもマユミちゃんも、

「いいなあ、遊ぶ時間《じかん》があって。ぼくたちは、学校《がっこう》から帰《かえ》っても、勉強《べんきょう》やらお手伝《てつだ》いに追《お》われて、ほとんどそんな時間《じかん》がないんだものな。」

と、考《かんが》えました。

6 泣《な》き出《だ》したマユミ

車は、スピードがぐんとおそくなると、静《しず》かにとまりました。事務所《じむしょ》の前に横《よこ》づけになったのです。天馬《てんま》博士《はかせ》は、待《ま》っていたように出て来ました。

「合格《ごうかく》おめでとう。」

ススムくんとマユミちゃんにそう言うと、今度《こんど》はエイちゃんたちに、

「どうしたんだい。どこへ行ってしまったかと思《おも》ったよ。電話《でんわ》で連絡《れんらく》してくれればいいのに、困《こま》った案内役《あんないやく》だな、君《きみ》たちは。」

「すみません。」

と言いながら、エイちゃんは頭《あたま》をかきました。

「まあそれはそれでいい。さあ、わたしと一しょに今度《こんど》はロケットのところに行くんだ。おや、マユミちゃんどうしたの。」

博士《はかせ》がたずねました。マユミちゃんは、どうもさっきから工合《ぐあい》が悪《わる》そうです。目に涙《なみだ》さえ浮《う》かべています。ススムくんがマユミちゃんの顔《かお》をのぞきこむように、

「だらしがないな。腹《はら》でも痛《いた》いのか。それともあんまりいいところばかり見せられたんで、うらやましくて泣《な》いているのかい。」

「そうじゃないの。パパやママ、心配《しんぱい》しているでしょうね。」

と、マユミちゃんは小さな声《こえ》でぼそぼそ言いました。ススムくんもハッとしました。

「先生《せんせい》、ぼくもマユミも、二十世紀《せいき》のあのきたない東京がなつかしいのです。むかしの東京でも、やっぱり、あそこへ帰《かえ》りたくなっちゃった。」

「そう、そうよ。パパもママもむこうにいるんですもの。」

ススムくんも、考《かん》えれば考えるほど心細《こころぼそ》くなってきました。

「先生、お願《ねが》いです。ふたりを帰してください。」

それを聞《き》くと、天馬博士《てんまはかせ》も顔《かお》をくもらせました。

「なるほど、そうか、そうか。しかし残念《ざんねん》だな。ふたりとも、もっと勇気《ゆうき》があると思っていたのにな。仕方《しかた》がない。それならすぐ、モノレールに乗《の》って東京へ帰《かえ》んなさい。」

「だって、いまは二十一世紀でしょう。さっきの機械《きかい》に乗らなければ、むかしの東京に帰れないじゃないの。」

マユミちゃんはいまにも泣《な》き出しそうになりました。

「ああ、タイム・マシンのことかね。あれはあちらに技師《ぎし》がいて、君《きみ》たちを二十世紀《せいき》に送《おく》り届《とど》けてくれるよ。問題《もんだい》は、君

たちにもっといいものをいろいろ見せてあげたかった。そして君のパパやママたちにいろいろ話《はな》してほしかったんだが、それができなくて残念《ざんねん》だ。いいチャンスだったのにな。」

博士《はかせ》はさびしそうに言いました。

「エイちゃん、君、ごくろうだがね、列車《れっしゃ》にふたりの座席《ざせき》をとってあげなさい。」

「はい。」

エイちゃんはいそいで部屋《へや》を出て行きました。

「まったく残念《ざんねん》だね。なんなら、君のパパとママも二十一世紀《せいき》に呼《よ》んであげてもいいんだがね。」

「ううん、もういいの。早く帰《かえ》りたいわ。」

ススムくんとマユミちゃんが外《そと》へ出ると、さっきの水色《みずいろ》のロケット型《がた》の自動車《じどうしゃ》がとまっていました。

「じゃあ元気《げんき》でね。もう二度《ど》とあえるかどうかわからないけど、縁《えん》があったら、またあおうね。」

ミッちゃんが、かたくふたりと握手《あくしゅ》しました。マユミちゃんは、もう家《うち》へ帰《かえ》れると思《おも》うと、うちょうてんです。

「開《ひら》け、ゴマ。」

と、おどけて言うと、ドアがすっとあきました。

「さようなら。」

博士《はかせ》が手《て》を振《ふ》りました。

「さようなら。」

「マユミ、ばかだな。泣《な》いちゃいけないよ。お別《わか》れのときじゃないか。」

窓《まど》から、ススムくんとマユミちゃんは、はげしく手を振《ふ》りました。

「さようなら。元気《げんき》でね。」

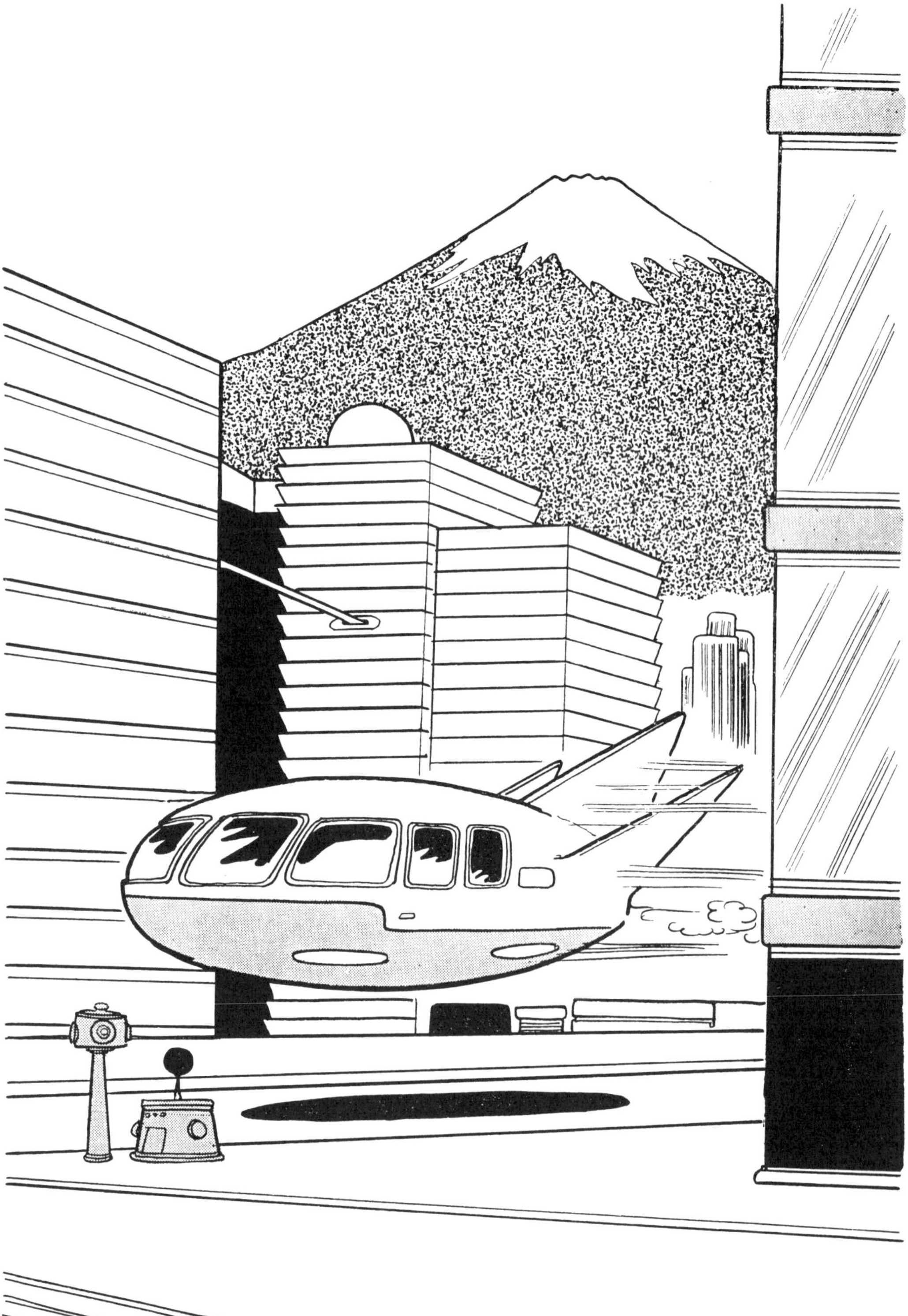

車《くるま》はすっと動《うご》き出します。

「先生《せんせい》ッ、ミッちゃーん、さようなら。エィちゃんによろしくね。」

博士《はかせ》とミッちゃんの姿《すがた》は、みるみる小さくなって、点《てん》になり、車がビルのかどを曲《ま》がると、ふたりは車の中に取《と》り残《のこ》されたようにしょんぼりしてしまいました

7 「ロケットに乗《の》れ！」

ビルの林《はやし》のむこうに、ふたりが乗るはずだったロケットが立《た》っています。まことにすばらしいながめです。巨人《きょじん》ロケットは、赤《あか》と白《しろ》に美《うつく》しくぬり分《わ》けられた鉄塔《てっとう》に抱《だ》かれて、力強《ちからづよ》くどっしりと立っています。その名《な》はスペース・コロンブス号《ごう》。コロンブスというのは、アメリカを発見《はっけん》したあの開拓者《かいたくしゃ》です。ロケットよりもその美《うつく》しい鉄塔《てっとう》にふたりはぼんやりしてしまいました。

「なあに、あの鉄塔は。」

「ほら、博覧会《はくらんかい》に、あったじゃないか。マユミおぼえてないか。

あれはロケットを発射台《はっしゃだい》の上に乗《の》せるクレーンの役《やく》をする塔《とう》だってさ。ほら、見てごらん。鉄塔の下にレールがついてるだろう。あの上を自由《じゆう》に動《うご》くのだよ。ロケットの発射の前《まえ》に、いろんな複雑《ふくざつ》な装置《そうち》のテストを完全《かんぜん》にやる電子《でんし》装置《そうち》もついているし、それに秒速《びょうそく》五十メートルも六十メートルもある台風《たいふう》が来ても、びくともしないから、ロケットが倒《たお》れるということもないわけだ。すごいね。モデルは博覧会《はくらんかい》で見《み》たけど、実物《じつぶつ》をこうやって見ると、ロケットよりもすてきだね。」

「まあ、ほんとにあんなに大きな鉄塔《てっとう》が、ガラガラ走《はし》るのかしら。見たいわね。」

マユミちゃんは、残念《ざんねん》そうに言《い》いました。

「ちょっとおりてみようか。」

車《くるま》は、ふたりがまだ押《お》しボタンも押《お》さないのに、待《ま》ってたとばかり、スッととまります。ドアがスルスルと開《ひら》き、ふたりはいつの間《ま》にか鉄塔《てっとう》の前《まえ》に立っていました。

「乗組員《のりくみいん》が乗《の》ってしまえば、あの鉄塔《てっとう》はね、役目《やくめ》がすんだから、一分間《いっぷんかん》十センチくらいの速《はや》さで、そろそろはなれるのだよ。まあ、カタツムリよりものろいわけだね。」

マユミちゃんは、がっかりしたように、

「あら、それじゃ、ここで見ていたっていねむりしちゃうわ。そしていねむりからさめたって、やっと一メートルくらいしか動《うご》いてないんじゃないの。」

「なんだ、マユミは、いままでに、十分くらいでいねむりからさめたことがあるのかい。」

ススムくんはゲラゲラわらいました。

「あっ、動《うご》き出したぞ。」

そのとき、車《くるま》の中で、ブザーが、

「ビービー。」

と鳴《な》りました。つづいて、太《ふと》い男《おとこ》の声《こえ》がひびいて来ました。天馬博士《てんまはかせ》の声《こえ》ではありません。なにか威圧《いあつ》するような、命令《めいれい》するような、しっかりした声です。

「こちらはブロックハウス。こちらはブロックハウス。もう時間《じかん》です。ロ

ケットにお乗《の》りください。」

「だれか呼《よ》んでるわ。」

「困《こま》ったな。ぼくたちを呼んでるのかな。天馬博士《てんまはかせ》かな。いったいだれだろう。」

「車《くるま》の中で聞《き》いてみたらどう。」

「そうしよう。」

ススムくんは、車の中へ飛《と》びこみました。

「モシモシ、おじさんはだれですか。そちらはだれですか。」

マイクに向《む》かって、ススムくんはどなりました。頭《あたま》の方《ほう》のスピーカーから、また声《こえ》が聞《き》こえて来ました。

「こちらはブロックハウス。時間《じかん》です。どうぞ鉄塔《てっとう》のエレベーターにお乗《の》りください。大鳥《おおとり》ススムくんと大鳥マユミさんですね。ロケットが間《ま》もなく出ます。エレベーターのところへ行くコンベア道路《どうろ》の番号《ばんごう》は、A5です。お早くお乗りください。」

こう言うと、スピーカーはプツンと切《き》れてしまいました。

「なあに、どうしたの?」

「なんだか知《し》らないけど、ぼくたちに、ロケットに乗《の》れ、ロケットに乗れと言ってるんだ。おかしいな。博士《はかせ》がぼくたちのは、断《こと》わってくれたんじゃなかったのかしら。」

「ブロックハウスっていう人なのね。」

マユミちゃんはそっと耳《みみ》うちしました。

「ブロックハウスって、いったいだれだろう。天馬博士《てんまはかせ》の友《とも》だちかしら。」

「きっと助手《じょしゅ》よ。それとも、弟子《でし》だわ。」

「もしかしたら、大学《だいがく》の後輩《こうはい》かもしれないね。」

「ねえ、おにいちゃま、なんとかいう道路《どうろ》へ行《い》けなんて言ってたけど、行ってみる?」

「コンベア道路A5と言ってたな。あっ、そこにあるの。」

すぐ目の前《まえ》に、大きく黒《くろ》い字《じ》で「A5」と書《か》いた立《た》てふだが立っています。道路がスルスルと動《うご》いているのです。ススムくんは、ちょっとその道路《どうろ》の上に乗《の》ってみました。ふたりは、まるで運《はこ》ばれて行く荷物《にもつ》のように、知《し》らず知らずのうちにロケットの方《ほう》へ近《ちか》づいて行きます。

いつの間《ま》には、エレベーターの入口《いりぐち》のところまで来《き》ていました。ススムくんは、ピョンと道路から飛《と》びおりました。エレベーターは、

「いらっしゃい。」と言うように、ふたりに向《む》かって口をあけています。ススムくんは、マユミちゃんの手を取《と》ると、フラフラとエレベーターに乗《の》ってしまいました。

「ガチャン。」

入口がしまると、スーッと鉄塔《てっとう》の頂上《ちょうじょう》まで、ふたりを乗せて上《のぼ》って行きます。

ふたりはこれからどうなるのでしょうか。すっかりあっけにとられて、家《いえ》に帰《かえ》ることも忘《わす》れてしまったふたりは、天馬《てんま》博士《はかせ》も、だれも知《し》らないうちに、ロケットに乗《の》りこんで、飛《と》び出してしまうのでしょうか。

第《だい》3章《しょう》

無重力《むじゅうりょく》の中《なか》の三人《にん》

1 銀色《ぎんいろ》の宇《う》宙服《ちゆうふく》

ふたりは、スペース・コロンブス号《ごう》の一番頂上《ばんちようじよう》まで、のぼってしまいました。ポッカリ、ロケットの入口《いりぐち》があいています。中は、薄暗《うすぐら》くって、ぼんやり青《あお》い光《ひかり》がさしています。

「大丈夫《だいじようぶ》?」

「大丈夫さ。人間《にんげん》が作《つく》ったものだもの。入ってみようか。」

ふたりは、ささやきあって、まるでおばけ屋敷《やしき》へでも入るように、おっかなびっくりで入口をくぐりました。

「キャッ!」

「どうしたのっ。」

「あそこにだれか倒《たお》れてるわ。ふたりいるらしいわよ。」

「ほんとだ。なんだか銀色《ぎんいろ》に光《ひか》ってるぞ。」

近《ちか》よって、よく見ました。

「なーんだ! 宇宙服《うちゆうふく》じゃないか。」

「あら、服だけなの? 頭《あたま》もあるから、人間《にんげん》だと思《おも》ったわ。」

「すごいな。ほんものだ。ぼく、ずっと前《まえ》にパパから、クリスマス・プレゼントに宇宙服を買《か》ってもらったんだけど、やっぱりほんものは格好《かつこう》がいいや。どうだい。」

世界《せかい》で最初《さいしよ》に飛《と》んだ人間衛星《にんげんえいせい》
ボストーク一号《ごう》(ソ連《れん》)

と、ススムくんはうちょうてんです。

「あら、なにかフダがぶら下《さ》がってるわ。定価札《ていかふだ》かしら。」

「ばかなこと言うなよ。どれだい。」

見ると、説明書《せつめいが》きです。ススムくんは声《こえ》を出《だ》して読《よ》みました。

一、船室《せんしつ》の中では、空気《くうき》もあるし、温度《おんど》調節《ちょうせつ》もしてあるから、宇宙服《うちゅうふく》は着《き》なくてもよろしい。
二、宇宙帽《うちゅうぼう》をつけたら、すぐ酸素《さんそ》スイッチを押《お》すこと。そうしないと、背中《せなか》にせおった酸素タンクから、酸素が流《なが》れてこないから窒息《ちっそく》するおそれがある。
三、宇宙帽をつけておたがいに会話《かいわ》をかわすときは、短波《たんぱ》ラジオを利《り》用《よう》すること。それは宇宙帽《うちゅうぼう》の内《うち》がわについている。……

「ね、宇宙帽をかぶったら、もうおにいちゃまと、ラジオでしかお話《はなし》できないの？」

「なあに、へっちゃらさ。短波《たんぱ》ラジオだもの。普通《ふつう》に話ができるから不《ふ》便《べん》はないよ。」

「それから、口から吐《は》き出した息《いき》で、帽子《ぼうし》の前《まえ》のガラスが、くもりはしないかしら。そしたら、なんにも前が見えないわね。」

「そんなことを言ってたら、宇宙探険《うちゅうたんけん》は、なんにもできやしないじゃないか。きっと、吐いた息をどうにかするしくみが、ついてるんだろう。」

――たしかに、そのとおりでした。宇宙服《うちゅうふく》には、口から吐《は》き出した水《すい》分《ぶん》や、汗《あせ》なんかも、うまく吸《す》い取《と》れるしかけがついていたのです。それ

に、炭酸《たんさん》ガスなんかは、背中《せなか》の浄化装置《じょうかそうち》で除《のぞ》かれます。(もっとも、すっかり炭酸ガスをとってしまいますと、かえって呼吸《こきゅう》を命令《めいれい》する刺激《しげき》が起《お》こらなくなって、息《いき》をすることができません。)

「だけど、宇宙服《うちゅうふく》って、どうしてこんなに銀色《ぎんいろ》なんでしょうね。」

「目立《めだ》つようにだろ?」

「きっと、流行色《りゅうこうしょく》ね。」

「宇宙服の流行色なんて、あるもんか。おや、これはアルミニウムだぞ。」

いかにもそれは、うすいアルミニウムの板《いた》ではってあるのでした。

「アルミニウムは熱《ねつ》をはねかえす…… そうか! わかったぞ。」

ススムくんは、ポンと手《て》をたたきました。

「なあマユミ、電気《でんき》ストーブの内《うち》がわにアルミニウムがはってあるだろ。」

「うん。」

「あれは、熱《ねつ》をはねかえすためさ。宇宙服だってそうだ。真空《しんくう》の中だと、じかに光《ひかり》や熱がからだにあたっちゃうから、やけどしちまうだろ。だから、こいつで、はねかえして防《ふせ》ぐんだ。」

ススムくんの想像《そうぞう》は、あるていどあたっていました。しかし、宇宙服《うちゅうふく》がほんとうに役《やく》に立《た》つのは、ロケットが地球《ちきゅう》へ戻《もど》って来《く》るときなのです。

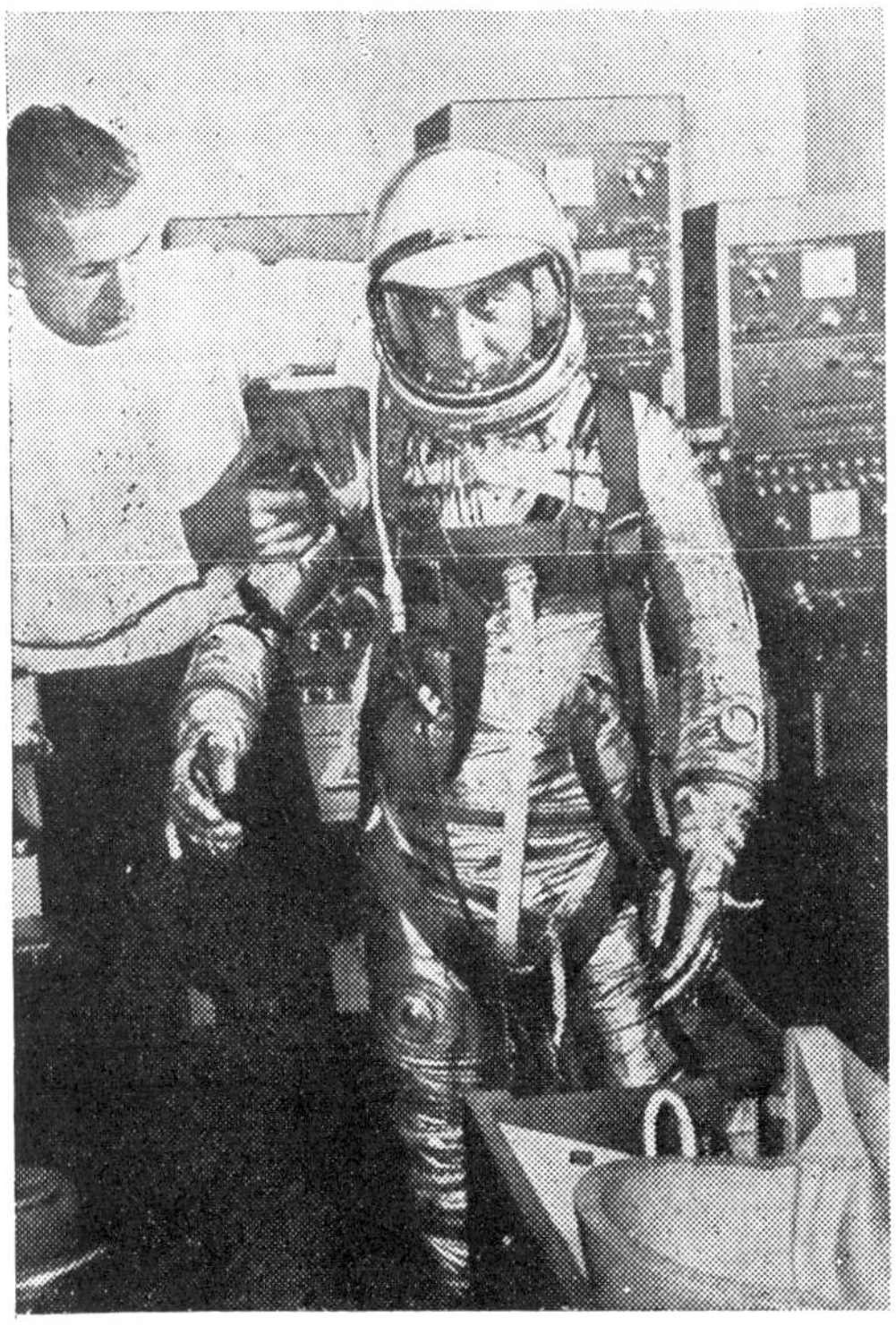

アメリカの宇宙服《うちゅうふく》(着《き》ている人はグリソン大尉《たいい》です)

ロケットが大気《たいき》圏《けん》へつっこむと、空気《くうき》の摩擦《まさつ》で、ロケットの表面《ひょうめん》はうんとあつくなります。その熱《ねつ》は、ほとんど中へ入って来ませんし、入って来ても中は冷房《れいぼう》がしてあるから、そうあつくはなりません。しかし、赤外線《せきがいせん》はたくさん入って来ます。これをはねかえすのが、アルミニウム服《ふく》の一番《ばん》の目的《もくてき》なのです。

「ねえ、着《き》てみよ

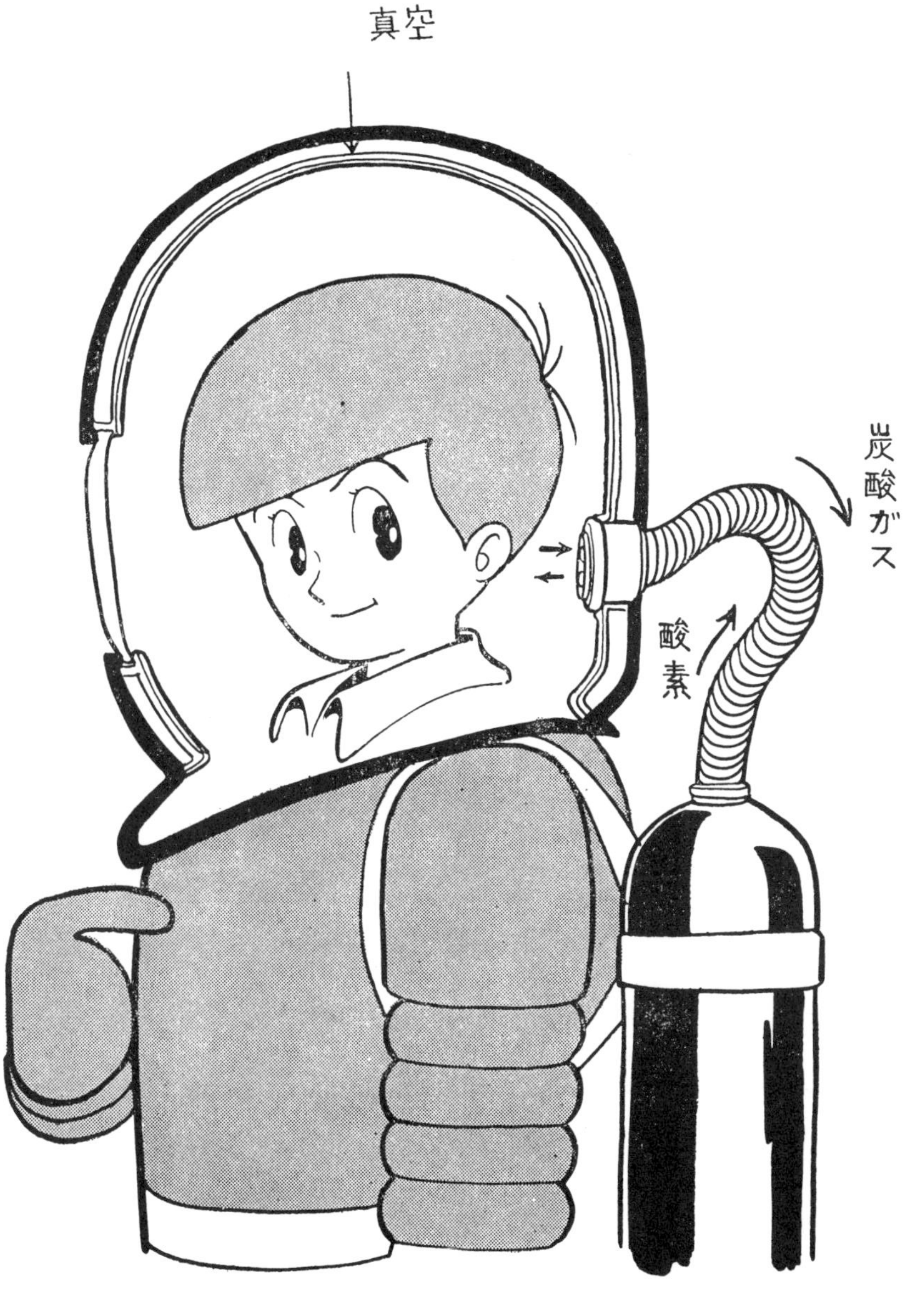

うか。」

ススムくんがそっと言いました。

「おとな用《よう》でしょ。マユミには、あわないわよ。ダブダブだわ。」

「ごらん！　これはおとな用《よう》じゃなさそうだよ。ほら、こっちの方《ほう》のは、マユミにぴったりじゃないか。まるでわざわざ作ったみたいに、ちょうどいい大きさじゃないか。」

ススムくんは、もうゴソゴソと服《ふく》を着《き》だしました。

「ええと、宇宙帽《うちゅうぼう》をつけたら、すぐ酸素《さんそ》スイッチを押《お》す*

*……」

そこで、ススムくんの声《こえ》は、バッタリ聞《き》こえなくなりました。

宇宙帽をかぶってしまったからです。もうこれで、ラジオを通《つう》じないと話《はなし》ができないのです。

マユミちゃんの方《ほう》は、あんがいかんたんに、服《ふく》を着《き》てしまいました。こういったことのカンは、やっぱり女の方が、働《はたら》くのでしょうね。ふたりがロボットみたいな姿《すがた》になって、つっ立っていると、どこからともなく、ふたりの帽子《ぼうし》に、へんなわらい声《ごえ》がひびいて来ました。

「ウフフフ、ウフフフ。」

ススムくんは、それがラジオからひびいて来る声《こえ》だとわかりました。マユミちゃんがてれくさくて、わらっているのだと思《おも》いました。ススム君もつられてわらいました。

「アハハハハ……」

見ると、マユミちゃんは、ポカンとしています。わらっているどころか、びっくりしたような顔《かお》をしています。とすると……

「だれだっ、だれがわらってるんだ！」

ススムくんはギョッとなってさけびました。

「ワハハハ……」

わらい声《ごえ》は、ばくはつしたようにススムくんの耳《みみ》もとでひびきました。

2　ブロックハウス氏《し》の正体《しょうたい》

「あっ、あのわらい声は……」

ススムくんは、やっと気《き》がつきました。

「天馬《てんま》博士《はかせ》ですねっ。」

「そうだわ、天馬博士だわ。」

「博士《はかせ》、どこにいらっしゃるんです。」

ふたりは、キョロキョロ見まわしました。

「いや、しっけい、しっけい。」

たしかに、博士《はかせ》の声《こえ》に違《ちが》いありません。

「とうとう、ふたりとも、宇宙服《うちゆうふく》を着《き》てしまったね。けっこう、けっこう。どうだね、具合《ぐあい》は？」

「あれっ、博士は、ぼくたちのことを全部《ぜんぶ》、見《み》ておられたんですか？」

ススムくんは、おどろきました。

「ああ、いままでずっとね。きみたちが、ベソをかいて、家《うち》に帰《かえ》るなんて言うものだから、正直《しようじき》のところ、わしは、がっかりしたんだ。

次の時代《じだい》をせおって立《た》つ子《こ》どもたちが、なんて、いくじのないことだろうと思ってね。

しかし、きみたちは、ロケットを見、宇宙服《うちゆうふく》を見て、すっかり気《き》をうばわれてしまったね。」

「エヘヘ……」

と、ススムくんは頭《あたま》をかきました。でも、手が宇宙帽《うちゆうぼう》の上をひっかいただけでした。

「好奇心《こうきしん》からだったのか？　それでも、よろしい。とにかくきみたちは、一時的《いちじてき》にもせよ、めめしい心《こころ》をわすれてくれた。そしてここまでやって来た。そこで、もう一度聞《どき》こう、やっぱり、家へ帰るかね？　その服《ふく》をぬいで、二十世紀《せいき》の世《せ》界《かい》へ、すぐ戻《もど》って行《ゆ》きたいかね？」

「博士《はかせ》、ずるいなあ。」

ススムくんは、降参《こうさん》しました。

「いやおうなしに、ぼくたちをここまで引《ひ》っぱって来るんだもの。」

「おや、ここへ来たのは、きみたちの意志《いし》だったのじゃないかね？　このまま、わしと一しょに旅行《りよこう》に出かけるかね？」

「ええ、行きますとも！　マユミは？」

「行きまーす！」

ソ連《れん》の宇宙《うちゅう》ロケットの内部《ないぶ》

「それなら、ここへ上《あ》がって来なさい。」

「えっ、どこへですか？」

「この部屋《へや》じゃよ。わしのいる場所《ばしょ》へだ。そこにはしごがあるだろう。それを上がって来ると上の部屋《へや》へ出る。なあに、こわくはないよ。マユミちゃんから、上がっておいで。にいさんは、おしりを押《お》してやりなさい。」

ふたりが上がって行くと、上の部屋に、もうひとり、宇宙服《うちゅうふく》の人が待《ま》っていました。もちろん博士《はかせ》です。

「よく来《き》た、よく来た。じゃあ、ふたりとも、このベッドへねるのだ。」

「えっ、もう夜《よる》なんですか。」

「夜ではない。出発《しゅっぱつ》のとき、乗員《じょういん》はみんなねることになっとる。わしもねるんだよ。」

「わあー、スペース・コロンブス号《ごう》は寝台車《しんだいしゃ》なのね。」

マユミちゃんがさけびました。

そのとき、三人の短波《たんぱ》ラジオに、べつの声《こえ》が飛《と》びこんで来ました。

「こちらはブロックハウス、こちらはブロックハウス。乗員《じょういん》はシートについて、ベルトをしめてください。」

「あっ、あの人だ。博士、さっき、あの人がぼくたちに、ロケットへ乗《の》れってすすめたんです。」

「ブロックハウスさんって、だれなの？　博士の、お友《とも》だちなんですか？」

すると、博士は、ワッハッハッハ……と、ゆかいそうにわらいました。

「いや、こいつはおもしろい。たしかに、ブロックハウスはわしの仲間《なかま》でな、あれは大学《だいがく》の後輩《こうはい》で、しんせつな男ですよ。しかし残念《ざんねん》ながら、マユミちゃん、ブロックハウスってのは人の名前《なまえ》じゃない。建物《たてもの》の名前なんだ。」

「ええっ、建物なんですって？」

「そうだ。きみたち、このロケットから、ずっとはなれたところに、低《ひく》いコンクリートの建物みたいなものを見なかったかね？」

「あっ、ありました。」

「あれは、半地下《はんちか》の、がんじょうな建物《たてもの》でな。中には、このロケットの装《そう》置《ち》全部《ぜんぶ》が、正《ただ》しく働《はたら》いているかどうか、しらべる精密機械《せいみつきかい》が、ぎっしり入っておって、何十人という技師《ぎし》が、それぞれ分担《ぶんたん》して働いとる。そしてロケットを見守《みまも》っとる、というわけだよ。なに？　どうやって連絡《れんらく》をしてるかって？　電線《でんせん》で、この鉄塔《てっとう》とつながっとるわけだ。つまり、これは、ロケットにとって神経《しんけい》みたいなもんだな。」

そう言いながら、博士《はかせ》はふたりを、ベッドの上へ押《お》し上《あ》げて、ベルトでかたくしめました。

「どうじゃね、寝心地《ねごこち》は。」

「あんまり、よくありませんね。二等寝台車《とうしんだいしゃ》みたいですね。」

「それは、ほんとうのベッドではないからだ。つまり、こいつは、ロケットの軸《じく》と直角《ちょっかく》になっとるから、ロケットが上を向いているときはベッドじゃが、ロケットが横《よこ》になって進《すす》み出すとちゃんと普通《ふつう》のシートになるよ。もうそろそろ出発《しゅっぱつ》だが、加速度《かそくど》に気《き》をつけたまえ。加速度にたえるに

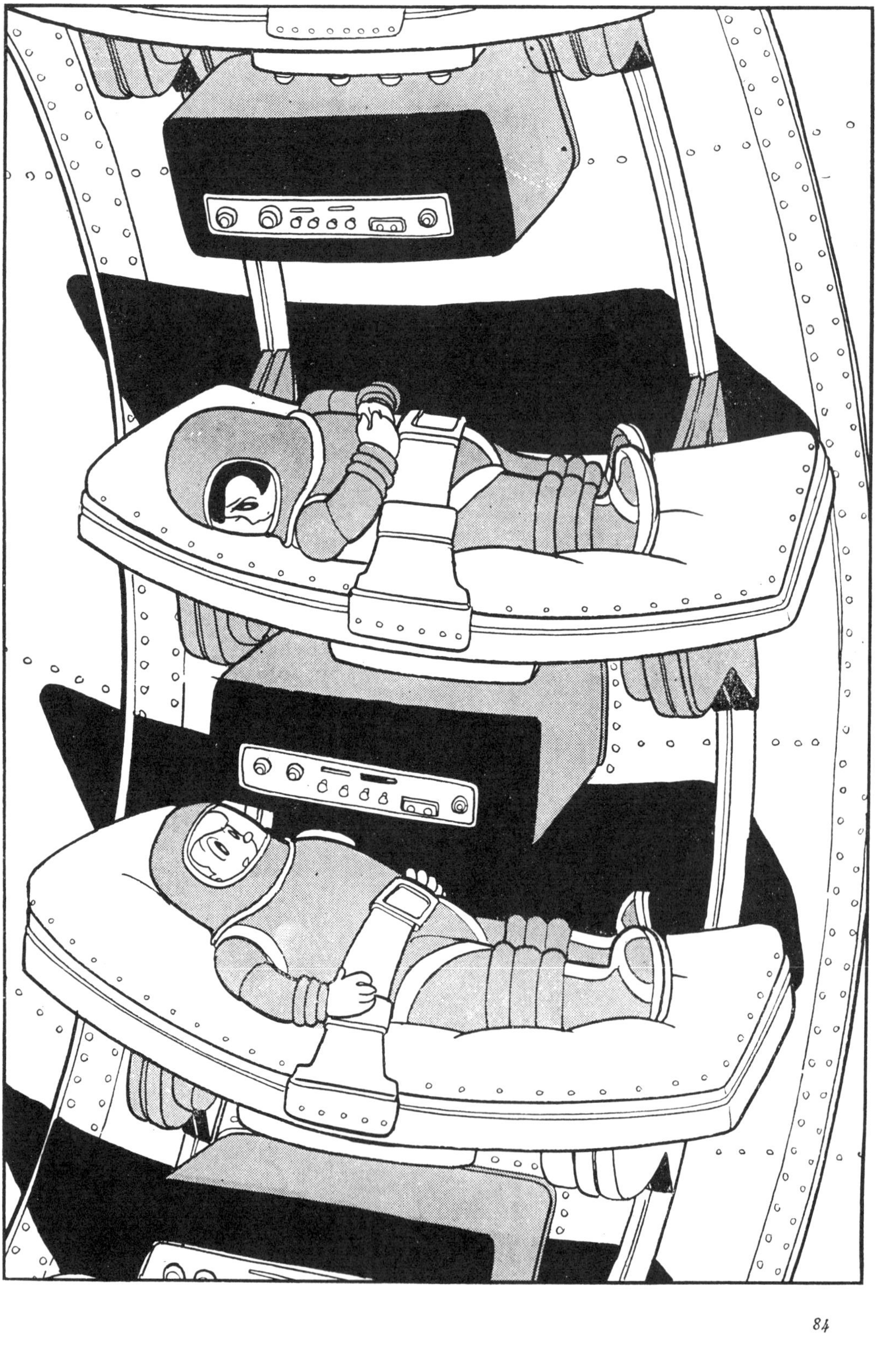

は、ねているのが一番《ばん》よい。
それでも、五分《ふん》ぐらいは、ちょっと苦《くる》しいぞ。気《き》を失《うしな》うかも知《し》れん。いや、心配《しんぱい》はないよ。危険《きけん》なことじゃない。きみたちは、ちゃんと宇宙旅行者《うちゅうりょこうしゃ》の身体検査《しんたいけんさ》に合格《ごうかく》しているのだからね。」

そのとき、丸窓《まるまど》から、もしふたりがのぞくことができたら、あの赤白《あかしろ》だんだらの大きな鉄塔《てっとう》が、少しずつ、重重《おもおも》しく、静《しず》かにロケットからはなれて行くようすを、見ることができたでしょう。

ブロックハウスでは、鋼鉄《こうてつ》のとびらをぴしゃりとしめ、拡声機《かくせいき》から、するどい命令《めいれい》が飛《と》び出しています。戦争《せんそう》のようないそがしさです。

「最終秒読《さいしゅうびょうよ》みのため、部署《ぶしょ》につけ！」

屋根《やね》の赤《あか》ランプが、チカチカとついたり消《き》えたりしています。

ロケットの位置《いち》を追《お》う装置《そうち》、進《すす》む方向《ほうこう》をおしえる装置、速《はや》さをはかる装置、レーダー、あらゆる装置《そうち》が、もう一度《ど》ねんいりにしらべられます。

赤ランプがミドリに変《か》わりました。

ザザザザーッ!!

滝《たき》です。ロケットの発射台《はっしゃだい》の下に、大きな滝ができました。

水が、すごいいきおいで、発射台の下の穴《あな》に、流《なが》れこんでいます。

これは、ロケットが吹《ふ》き出すほのおで発射台《はっしゃだい》の下の鉄《てつ》の壁《かべ》がいたまないように、ひやすためです。

発射はあと数秒《すうびょう》のち……

「Tマイナス十秒《びょう》。」

秒読《びょうよ》みの声《こえ》です。

J-15

「九秒《びょう》……八秒……七秒……」

ゴーッ!!

副《ふく》ロケットから、まっ白なほのおが吹《ふ》き出しました。

「五秒……四秒。」

ゴクリ。ススムくんはツバを飲《の》みこみました。

「三秒《びょう》。」

ブロックハウスの中でも、かたずをのんでいます。

「二秒……一秒。」

「ゼロ。」

ドドドド……

ロケットは、雷《かみなり》のような音《おと》を立《た》てて、ものすごいいきおいで、ほのおを吹《ふ》き出しました。滝《たき》のように流《なが》れこむ水とトンネルの中でぶつかって、まっ白な、もうもうたる湯気《ゆげ》を吹きだしています。

まだ、ロケットは動《うご》きません。

一……二……三……四秒《びょう》……

九秒……十秒！

少しずつ、少しずつロケットは上昇《じょうしょう》をはじめました。

エレベーターのように、だんだん速《はや》く、一秒ごとに、約《やく》十メートルずつ速くなりながら……

3　オシャブリを飲《の》め

ギューッ！

ススムくんとマユミちゃんは、胸《むね》がつぶれる思《おも》いでした。

息《いき》もできないほど、上から目に見えないものがギュウギュウのしかかって、押《お》しつぶそうとするのです。

それは、加速度《かそくど》という怪物《かいぶつ》でした。

ふだん、わたしたちは電車《でんしゃ》に乗《の》ったり、飛《と》んだり、はねたりしても、からだはべつにどうという苦《くる》しさはありません。

それは、動《うご》きがたいへんのろかったり、小さかったり、またはごくしぜんに、だんだんとはげしくなったりするから、からだがそれにあわせてしまうのです。

ところが、突然《とつぜん》ものすごいいきおいで走《はし》り出したりすると、いきなり、からだに地球《ちきゅう》の重力《じゅうりょく》の何倍《なんばい》もの力《ちから》が働《はたら》いて、押しつけようとします。

これが、加速度《かそくど》です。

加速度は普通《ふつう》Gという記号《きごう》で書きあらわします。これは重力のいみです。もし、地球の重力の二倍《ばい》の力が働くときは、2Gと書きます。三倍《ばい》なら3Gです。

普通の人は、6Gぐらいまでは、どうにかがまんできるものです。

ところが、地球《ちきゅう》からロケットで飛び出すときには、ものすごい速《はや》さですから、11Gぐらいの加速度《かそくど》がくわわることになるのです。

11G！　たいへんな力《ちから》です。こんな力がからだに働《はたら》くと、たいていの人は息《いき》がつまり、目の玉《たま》が飛《と》び出し、顔《かお》や手足《てあし》がこわばって動《うご》かせなくなり、気《き》ぜつしてしまいます。だから、宇宙旅行《うちゅうりょこう》にでかけるときは、からだをねんいりにしらべて、これにたえられる人をえらばなければなりません。

これを聞《き》いて、みなさんは、すこしがっかりしたでしょう。

じゃあ、ぼくは宇宙旅行《うちゅうりょこう》ができないからだかも知れないな、と思う人があるでしょう。

でも、一番《ばん》さいしょに書いたとおり、飛び出す方法《ほうほう》によっては、この加速度《かそくど》のための苦《くる》しさを、あるていど、よわめることもできるのです。

たとえば、すこしずつ速《はや》さをまして飛び出せば、そんなにはげしい加速度はくわわりません。

だが、これはむつかしい問題《もんだい》です。なにしろ、地球《ちきゅう》を飛び出すのには、どうしても引力《いんりょく》をふりきってしまわなければなりませんから、やっぱりあるていどのいきおいはつけなければなりません。

だから、二十一世紀《せいき》になっても、ススムくんたちは、やっぱりこの加速度《かそくど》のために、ひどい目《め》にあっているのです。

とうとうふたりは、気《き》を失《うしな》ってしまいました。

ふたりは、ふかいふかい海《うみ》の底《そこ》に沈《しず》められたユメを見ていました。

大きな魚《さかな》のおばけが、ふたりの上《うえ》にのしかかって来て、つぶれそうに苦《くる》しいのです。

それから、突然《とつぜん》。

海の上から浮《う》かび上《あ》がって、ポーンと空中《くうちゅう》へなげ出されました。

こんどは下へ下へと落《お》ちて行くユメです。いくら落ちても、海面《かいめん》にとどきません。きりがなく落ちつづけます。

ハッ……　ススムくんはユメからさめました。

まだ落《お》ちて行くような感《かん》じです。部屋《へや》がぐるぐるまわっているような目《め》まいが、少しします。

マユミちゃんも目《め》をあけました。

「ロケットがついらくしているのかしら、こわいわ。」

「ついらくにしちゃあ、あたりがおちついているよ。きっと、もう無重力《むじゅうりょく》の世界《せかい》に入ったんだ。」

とススムくんは、中学生《ちゅうがくせい》らしい顔《かお》でそう答《こた》えました。

ためしに、ねながら、鉛筆《えんぴつ》を取り出して落《お》としてみました。

鉛筆は、そのまま落ちもせず、ススムくんの顔の上でフワリと浮《う》かんだままです。

「マユミ、ごらん、ぜんぜんイカスじゃないか。やっぱり思《おも》ったとおりだ！」

そのときドアがあいて、天馬《てんま》博士《はかせ》が入って来ました。

入って来た、と言っても、まるでプールの中で潜水服《せんすいふく》を着て、泳《およ》いでいるような格好《かっこう》です。

「どうだい気分《きぶん》は、すぐなれるよ。わしは一足先《ひとあしさき》に起《お》きて、機長室《きちょうしつ》に行ってたんだ。心細《こころぼそ》かったろう。あついコーヒーを持《も》って来たから飲《の》まないかね。」

博士《はかせ》は、赤《あか》ちゃん用《よう》のオシャブリのようなものを三つ、ヒョイと空《くう》中《ちゅう》に浮《う》かせると、ふたりのベルトをはずし、宇宙帽《うちゅうぼう》を手早《てばや》くぬがせました。

ふたりが、思《おも》わずパッとベッドからはね起きると、さあたいへん、からだが、はねたいきおいで、スーッと天井《てんじょう》へ浮き上がって、ゴツンと頭《あたま》をぶっつけ、スーッと落ちて行って、床《ゆか》にドシン、また天井へス

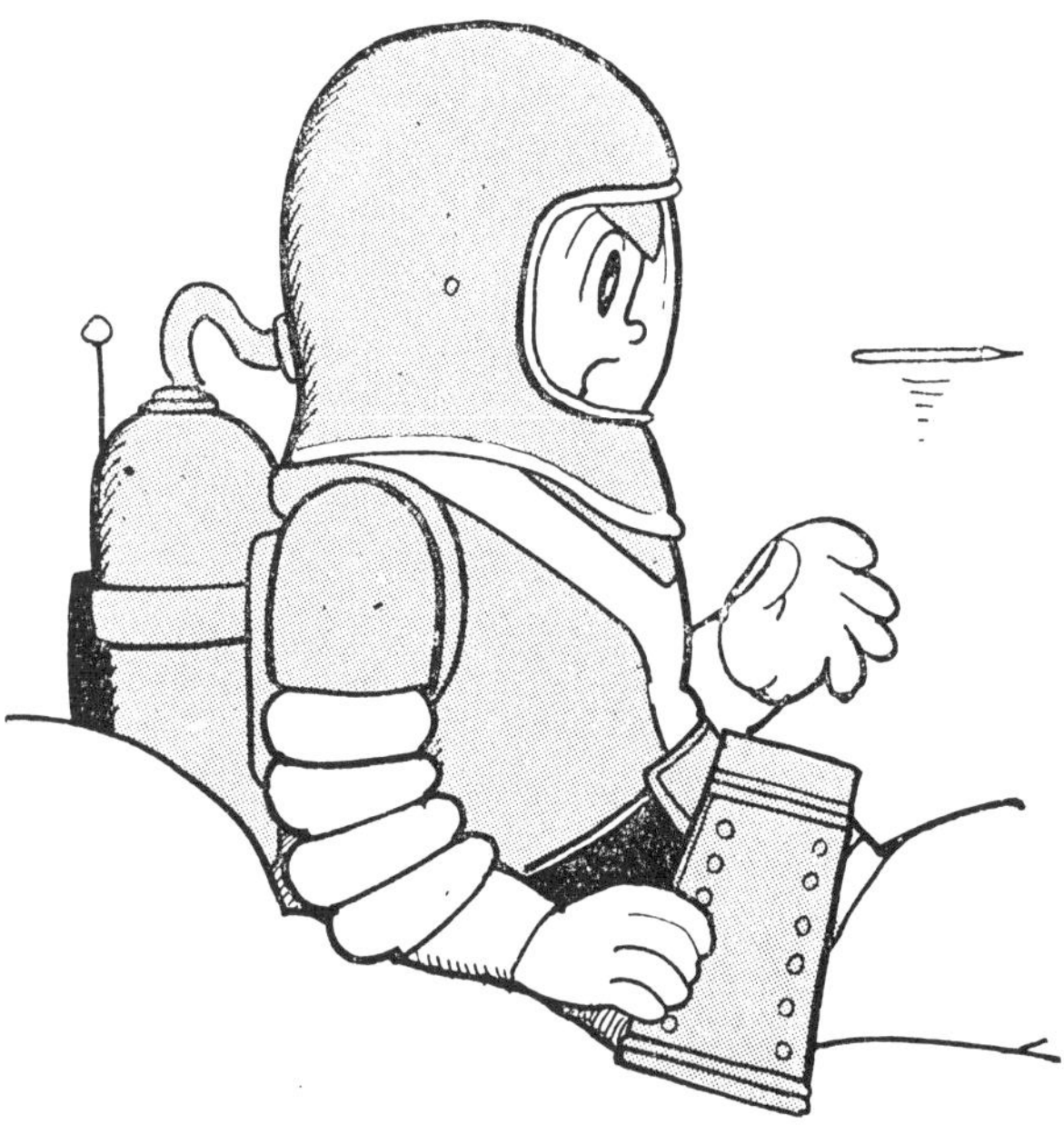

ベッドにつかまれ！

ーッ……　まるで天井《てんじょう》と床《ゆか》のあいだを行ったり来たりするボールのようです。

「ベッドにつかまれ！」

天馬《てんま》博士《はかせ》がどなりました。

「よいしょ！」

ススムくんは、やっとのことでからだをとめましたが、マユミちゃんは、まだポンポンはねまわっています。

「そら、マユミ、手だ！」

ふたりはなかよく、空中《くうちゅう》でお手手《てて》をつないだ格好《かっこう》になってとまりました。

「ああ、びっくりした。汗《あせ》かいちゃった。」

「無重力状態《むじゅうりょくじょうたい》では、そろそろとからだを動《うご》かさなければ、あぶないよ。そら、コーヒーをお飲《の》み。」

「この、オシャブリを吸《す》うの？」

マユミちゃんは不服《ふふく》そうに言いました。

「あたし、もう赤《あか》ちゃんじゃないわよ。」

「なるほど、これはレディに対《たい》して説明不足《せつめいぶそく》で、失礼《しつれい》した。」

と、博士《はかせ》はニヤニヤして、

「ススムくんはどう思《おも》うかね？」

「まあ、ぼくは、マユミにはオシャブリがちょうどにあってると思《おも》いますよ。」

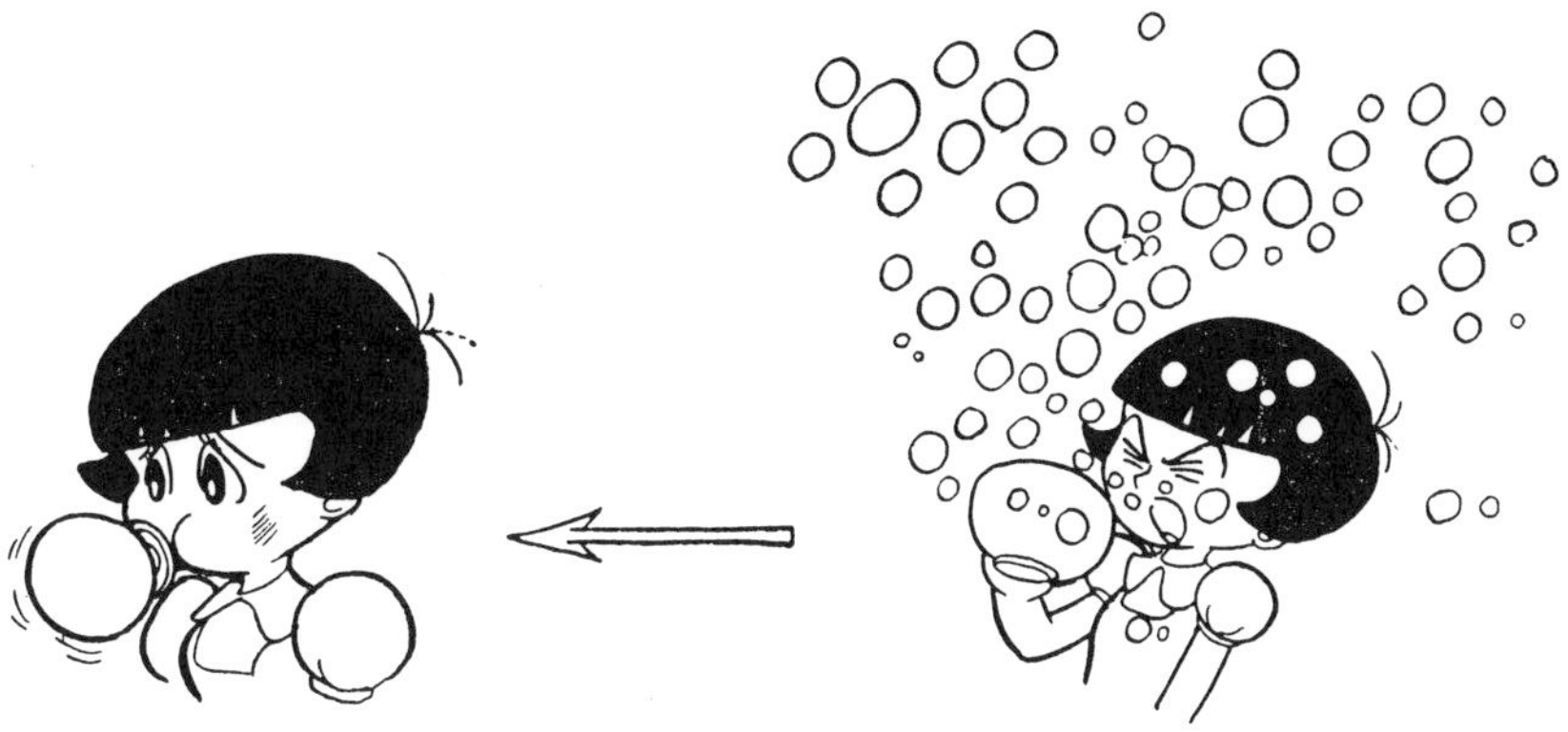

「まあ、失礼《しつれい》よっ。」

マユミちゃんは、プンとふくれました。

「わる気《ぎ》じゃないよ。マユミ、無重力状態《むじゅうりょくじょうたい》では、オシャブリでコーヒーを飲《の》むのが、一番《ばん》べんりだというのさ。」

「どうして？」

「だって、コーヒーをカップに入れてごらん。重力《じゅうりょく》がないから、コーヒーだけスーッと浮《う》いちゃうじゃないか。顔《かお》をやけどしちゃうじゃないか。」

「そのとおりだ。オシャブリにエチケットはいらん。えんりょなく、お飲《の》み。」

マユミちゃんは、てれくさそうに、チュッとくわえて、吸《す》ってみました。口いっぱいに、あまい、温《あたた》かいコーヒーが入って来て、そのおいしいこと。

「どうだい。コーヒーだけでなく、ジュースも、お茶《ちゃ》もこうして飲《の》むのだ。隊員《たいいん》たちはね、地上《ちじょう》で赤《あか》んぼうのオシャブリを見るたびに、この宇宙《うちゅう》コーヒーを思い出すんだよ。」

ススムくんは、ひげのはえたおじさんたちが、ずらりとならんで、一生《いっしょう》けんめいオシャブリを吸っているところを思《おも》い浮《う》かべて、思わずクスッとわらってしまいました。

4　日本が見《み》えた!

「博士《はかせ》、窓《まど》から地球《ちきゅう》や星《ほし》が見えますか?」

からになったオシャブリを空中《くうちゅう》にヒョイとおいて、ススムくんがたずねました。

「うん、地球と星、ね、まあ、自分《じぶん》の目でたしかめてごらん。」

ふたりは、泳《およ》ぐような格好《かっこう》で、窓《まど》に飛《と》びつきました。マユミちゃんはおお喜《よろこ》びです。

「ピーター・パンみたいね。」

「おやっ、博士《はかせ》、地球《ちきゅう》ですかあれは。まるく見えませんよ。」

なるほど、窓《まど》の下半分《したはんぶん》は、いっぱいに下界《げかい》がひろがっています。

「飛行機《ひこうき》から見たのと、おんなじですね。」

「うむ。いま高度《こうど》千七百キロメートルほどで、ロケットの水平飛行《すいへいひこう》にうつっとる。だから、まだ地球儀《ちきゅうぎ》のように、地球はまるくは見えない。しかし、地平線《ちへいせん》をごらん。まるくなっているだろう?」

「でも、船《ふね》で海《うみ》のまん中《なか》に出たって、水平線《すいへいせん》もまるく見えますよ。」

「なるほど、それは同《おな》じりくつだよ。まあ、ここは海よりもずっと高《たか》いから、それだけ、遠《とお》くまでひろい範囲《はんい》が見《み》わたせるわけだがね。」

「あっ、日本が見えるわ。日本よ!」

マユミちゃんがさけびました。

第三章　無重力の中の三人

「おお、日本の上空《じょうくう》に来《き》たのだよ。」

「ほんとだ！　社会科《しゃかいか》でならった日本列島《れっとう》の地図《ちず》とおんなじだ！　あの、白いのはなんですか？」

「ああ、あれは雲《くも》だよ。ちょうど近畿地方《きんきちほう》と、四国《しこく》に雲がかたまっているから、くもりか雨《あめ》だろうね。」

「いいわね。一目《ひとめ》で日本じゅうのお天気《てんき》がわかるんだもの。」

「そのとおり。気象観測衛星《きしょうかんそくえいせい》なんかは、そういうお天気をしらべることが役目《やくめ》なんだよ。」

「おや、いま北海道《ほっかいどう》あたりで、キラッとまぶしく光《ひか》ったものがありますよ。」

「ああ、それはな、雪《ゆき》が日光《にっこう》にかがやいて光ったのだ。」

「雪かあ。よく見えるなあ。あの、こい藍色《あいいろ》のところは、日本海《にほんかい》ですね。あっ、シベリヤが見えて来た。」

「でも、へんだわ、お空《そら》はまっ暗《くら》なのに、お星《ほし》さまがぜんぜん見えないの。なんだか、まぶしいわね。」

「へんですね。博士《はかせ》、どうして、星が見えないんですか？」

「たぶんこのロケットの部屋《へや》の中が明《あか》るすぎるからだろうよ。さぁて、そろそろベッドに戻《もど》りなさい。もう宇宙《うちゅう》ステーションに着《つ》くよ。」

指《ゆび》さした方《ほう》に、ドーナツ型《がた》の大きな人工衛星《じんこうえいせい》が浮《う》かんで、そろそろ近《ちか》づいて来ます。

ロケットは速力《そくりょく》をおとして、人工衛星と同《おな》じ速《はや》さになり、ピッタリならびました。いよいよ乗《の》りうつるのです。

5　上か、それとも下か

三人は、エア・ロックの小部屋《こべや》に入りました。ここは船室《せんしつ》と外《そと》とのあいだにある、いわばロケットの玄関口《げんかんぐち》です。

ドアがピッタリとざされ、ミドリ色《いろ》のランプが消《き》え、赤《あか》ランプがともりました。

三人とも、宇《う》宙服《ちゅうふく》をつけています。つけていなければ、いまごろは窒息《ちっそく》しています。なぜなら、もうこの部屋《へや》の空気《くうき》は、ポンプですっかりぬいてしまったからです。

スーッと音《おと》もなく、外へ通《つう》じるドアがあきました。

「あっ、小型《こがた》ロケットだ。」

ススムくんがさけびました。

宇宙《うちゅう》ステーションからむかえに来た、宇宙ボートが、入口《いりぐち》にピッタリ横《よこ》づけになっていたのです。

三人が乗《の》ると、操縦士《そうじゅうし》は、おじぎして、ゆっくりボタンを押《お》しました。

すべるようにボートはロケットをはなれました。

目の前に、ドーナツ型《がた》の衛星《えいせい》が、のしかかるようにせまって来ます。すごく大きい。乗って来たスペース・コロンブス号《ごう》なんか、くらべものになりません。

ドーナツ型と言っても、その穴《あな》のある部分《ぶぶん》には、十字《じゅうじ》型《がた》に橋《はし》がかかっており、そのまん中に入口があるのです。

この入口のあるところは、おもしろいことに、それいがいの輪《わ》の部分《ぶぶん》とはぎゃくに、ぐるぐるまわっています。

つまり、宇宙から見ると、この入口はとまっているように見えます。

人工衛星《じんこうえいせい》はぐるぐるまわるものですから、入口までおんなじようにまわっていたら、とても使《つか》うのに不便《ふべん》だから、こん

なふうになっているのです。

入口でボートをおり、中へ入って空気《くうき》を入れると、ドアがひらいて、所長《しょちょう》の村山《むらやま》さんが、ニコニコしておむかえに立《た》っていました。

「やあ、いらっしゃい。どうでした、宇宙旅行《うちゅうりょこう》は。」

ススムくんたちは、ともするとフワフワからだが浮《う》いてしまうのを、一生《いっしょう》けんめい苦心《くしん》して調子《ちょうし》をとっていましたが、そのうちに、まるで村山さんと、空中《くうちゅう》でねそべって話《はなし》をしているような格好《かっこう》になってしまいました。

「さあ、どうぞ下へ。」

「おじさん、下へって、いったいどっちなんですか？」

「なるほど。下というのは、重力《じゅうりょく》が引《ひ》っぱる方向《ほうこう》のことでしたっけね。いやはや、どうも宇宙《うちゅう》でくらしていると、上下《じょうげ》の感《かん》じが、地球《ちきゅう》ほどはっきりしないのでね。つまり、ここでは、見かけ上《じょう》の上下があります。」

「見かけ上の上下ってなんですか。」

「それは、下へ行って説明《せつめい》しましょう。おや、エレベーターが上《あ》がって来ました。」

「エレベーターが下《さ》がって来た、とも見えますね。」

「そう、下がって来たのなら、上へどうぞ、上へ行きましょう。」

「ややこしいなあ。」

四人がエレベーターに乗《の》ると、せまい箱《はこ》の中で、まるで虫《むし》が水に浮《う》かんでいるように、からみあってしまいました。

「みなさん、青《あお》いプラスチック・タイルの張《は》ってある壁《かべ》が床《ゆか》なんです。そのほかの部分《ぶぶん》は天井《てんじょう》か壁です。そこは、頭《あたま》をうってもいたくありません。まちがわないように！」

村山《むらやま》さんもフウフウ言いながら、どなりました。

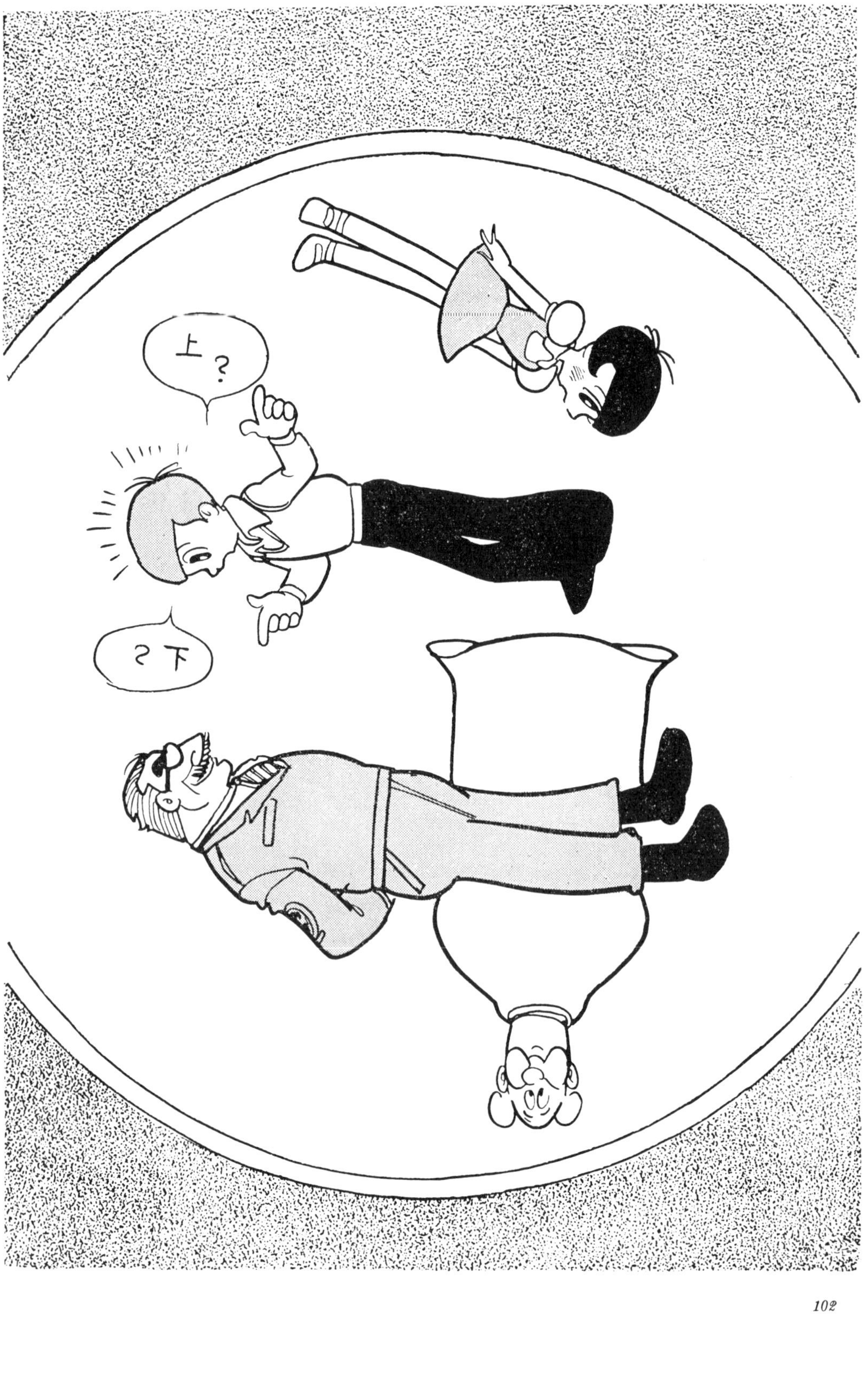
上？
下？

やがて、エレベーターがとまりました。

「おやっ、ぼくの足《あし》！」

「どうした、ススムくん。」

「ピッタリ床《ゆか》に吸《す》いついていますよ。これは引力《いんりょく》だ！　ここには重力《じゅうりょく》があるんですか？」

「それです。それが見かけの上下《じょうげ》というわけですよ。」

「えっ？」

「重力の代用品《だいようひん》を作《つく》ったのです。だから、見かけ上《じょう》の上と下の感《かん》じが、これでできたわけでしょう？」

「重力の代用品を作ったんですって？　どうやって作るんです！」

「この衛星《えいせい》が、ドーナツ型《がた》をしているのは、そのためなんです。」

と村山《むらやま》さんは説明《せつめい》しました。

「つまり、このドーナツは車《くるま》のように、ゆっくりまわっています。これは、ぐるりについているロケット・エンジンのいきおいで動《うご》いているのですよ。

まわる速《はや》さは、一分間《いっぷんかん》に約《やく》三回《かい》で、かなりおそいんだが、抵抗《ていこう》がないから、いつまでもまわりつづけているわけです。

まわりつづけていれば、遠心力《えんしんりょく》も起《お》こるでしょう？

バケツをいきおいよくまわすと、中の水が横《よこ》になってもこぼれない。これが遠心力ですね。

このステーションでも、中のものは、人間《にんげん》も、機械類《きかいるい》も、スープ皿《ざら》も、ノートも、みんな外《そと》へ外へ向《む》かって押《お》しつけら

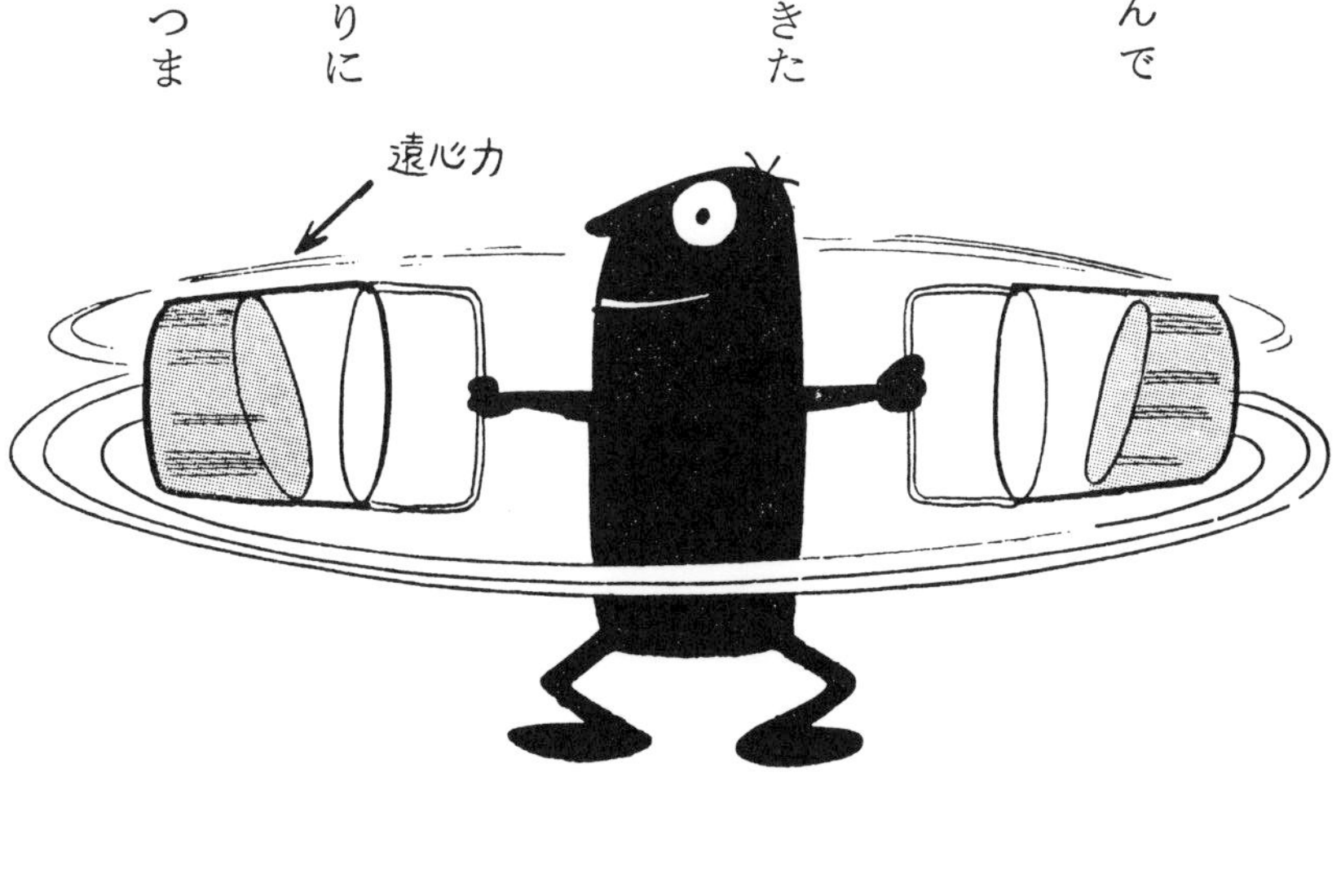

れます。

これが、重力《じゅうりょく》の代用《だいよう》になるわけですよ。

このくらいの回転《かいてん》ですと、地球《ちきゅう》の重力の三分《ぶん》の二ぐらいの重力ができます。だけど、まわっている軸《じく》の部分《ぶぶん》では、遠心力《えんしんりょく》はないから、さっきみたいに、フワリフワリになってしまうんですよ。

しかし、重力《じゅうりょく》と一番違《ばんちが》う点《てん》は、地球では中心《ちゅうしん》に向《む》かって重力が働《はたら》きますから、中心に向かう方が下になりますが、遠心力《えんしんりょく》は外《そと》に向いていますから、反対《はんたい》に、外がわが下になって、中心が頭《あたま》の方向《ほうこう》だということになるわけです。

とにかくこれで、上と下があるということがわかったでしょう?」

いつか四人は、ドーナツの中の廊下《ろうか》を、ならんであるいていました。

「この廊下は、どこへ通《つう》じているんですか?」

「ぐるっとまわって、またここへ戻《もど》って来ますよ。この廊下《ろうか》は、ドーナツの輪《わ》の内《うち》がわにあたりますからね。」

「あら、そうだったわ、環状線《かんじょうせん》みたいね。」

「環状線てなんですか?」

村山《むらやま》さんがみょうな顔《かお》をして聞《き》きました。

「ハッハッハ、このふたりは二十世紀《せいき》から来たんでね、村山くん。あの当時《とうじ》東京にあった国鉄電車《こくてつでんしゃ》の環状《かんじょう》になったコースのことを言ってるんだよ。」

「そうよ、東京駅《えき》から乗《の》ったら、渋谷《しぶや》や新宿《しんじゅく》や上野《うえの》をとおって、ぐるっとまわってまた東京へ帰《かえ》って来るの。それも上《のぼ》りや下《くだ》りがあるけど、なんだか、この廊下《ろうか》、上《のぼ》り坂《ざか》ばっかりみたいだわ。」

そう言われてススムくんもふしぎそうにうなずきました。

「さっきから上り坂ばかりなのに、ちっとも疲《つか》れませんよ。ただ足《あし》が沈《しず》むようだけど。」

「ハッハッ、うしろをふり向《む》いてごらん。」

天馬《てんま》博士《はかせ》に言われて、何気《なにげ》なくうしろを見たふたりは、ギョッとしました。

「あっ！　うしろも上《のぼ》り坂《ざか》だ。」

「おかしいわ。あたしたち、いくらあるいても、坂の一番低《ばんひく》いところにいるみたい。」

「ね、ふしぎだろう。これはね、ほんとは坂道《さかみち》じゃない。まっすぐな道なんだが、なにしろ、このドーナツは直径《ちょっけい》が八十メートルしかないから、そのふちをあるいて行くと、道がまるくそりかえっているのがわかるんだ。でも、いつも自分《じぶん》の立《た》っているところは平《たい》らになるわけだ。

ほら、二十日《はつか》ネズミなんか飼《か》ったことがあるかね。あれが、車《くるま》の中へ入ってまわしているのを見てごらん。ネズミの前《まえ》とうしろは坂《さか》だろう。だが、くるくるまわっているんで、みんな足《あし》の下へ来てしまう。あれと同じりくつだよ。」

博士《はかせ》が説明《せつめい》しました。

「そうだ。地上《ちじょう》の道《みち》だって、平《ひら》たくてまっすぐなようだけど、地球《ちきゅう》はまるいから、はっきり言えば、そりかえっているわけですね。」

「そうだ、そのとおりだ。」

博士はうなずきました。

6　カビでごきげん

「そーら、食堂《しょくどう》ですよ。ごちそうが待《ま》っていますよ。」

とたんに、マユミちゃんは、ごきげんな顔《かお》になりました。だって、オシャブリなんかではなく、厚《あつ》いビフテキや、野菜《やさい》サラダがズラリとならんでいたからです。

「ああ、よかった。宇宙食《うちゆうしよく》じゃなくって。」

ススムくんはためいきをつきました。

「ここで働《はたら》く人たちは、何《なん》か月《げつ》も、ほとんどたのしみなしに仕事《しごと》をつづけているでしょう。で、食事《しよくじ》が一番《ばん》のたのしみなのですよ。」

「でも、こんなごちそうの材料《ざいりよう》を地球《ちきゆう》から持《も》って来るのはたいへんですね。」

「そう、一部《ぶ》はね。しかし大部分《だいぶぶん》はここで合成《ごうせい》しています。」

「ゴウセイ？」

「そうです。たとえばこの肉《にく》。」

村山《むらやま》さんは、脂《あぶら》のしたたる大《おお》きなビフテキの一切《ひとき》れを、フォークでつきさして、

「うまくできているでしょう。これはほんとの肉《にく》じゃないのです。酵《こう》母《ぼ》をタンク培養《ばいよう》して、蛋白質《たんぱくしつ》を作《つく》り、それをもとに、カロリーも味《あじ》も、舌《した》ざわりも、牛肉《ぎゆうにく》そっくりに作ったんです。」

「こ、これがですか？　こ、この脂《あぶら》のところは？」

「そこは、カビの一《いつ》しゅで、トリコスポロン・プルランスや、ゲオト

リクム・カンジズムなんてものを培養《ばいよう》して作ったのです。」

カビと聞《き》いて、マユミちゃんはウエーッという顔《かお》をして、たべるのをやめてしまいました。

「なんだ、いままで最高《さいこう》の顔をしてたいらげていたのに。」

ススムくんが、ひやかしました。

「そうだ、カビということばはどうもいかんな。菌類《きんるい》と言えばよい。それから、クロレラも作《つく》っているのでしたな？」

「はあ、博士《はかせ》。あれもタンク培養《ばいよう》をしています。」

「クロレラってなあに？」

「緑藻《りょくそう》の一しゅでね。きみたちの時代《じだい》から作られていたのだよ。クロレラの入ったヨーグルトなんか、飲《の》んだことがないかね。マユミちゃん？」

クロレラのタネまき。写真《しゃしん》は苗代《なわしろ》のようなもので，つぎの培養《ばいよう》への準備《じゅんび》になります。

「あっ、あるわ。あります。」

「あれなのだ。ここではクロレラは重要《じゅうよう》な役《やく》をしておる。

クロレラは、炭酸《たんさん》ガスと日光《にっこう》から、酸素《さんそ》を作る働《はたら》きをするのだ。それで、ここではその方法《ほうほう》で、どんどん新《あたら》しい酸素を作り出せる。それに、酵母《こうぼ》や菌《きん》類《るい》も、クロレラが作り出したものをもとにして、培養《ばいよう》している。」

「それに、クロレラはすぐふやせますしね。合成食品《ごうせいしょくひん》の物質《ぶっしつ》を作る原料《げんりょう》としては、ほかに石油《せきゆ》なんかが前《まえ》から使《つか》われているんだが、あれは地球《ちきゅう》からはこぶのは、大《おお》ごとですからなあ。」

ふたりの話《はなし》を聞きながら、ススムくんとマユミちゃんは代用肉《だいようにく》を、もうすっかりたいらげてしまいました。

7　宇宙《うちゅう》からの眼《め》

「どうです。見学《けんがく》しますか?」

「はい!　おねがいします。」

「こっちへいらっしゃい。」

村山《むらやま》さんにつれられて、食堂《しょくどう》を出《で》ました。

「まずどこからまわろう?」

「なにか観測《かんそく》するとこがいいな。」

「観測?　ずいぶんあるよ。気象《きしょう》観測、流星《りゅうせい》観測、ほかの衛星《えいせい》や宇宙航路《うちゅうこうろ》の観測、それから天文《てんもん》観測。宇宙では空気《くうき》がないから、光《ひかり》の散乱《さんらん》がないだろう。だから精密《せいみつ》なデータがえられるのだよ。

「だけど気象観測《きしょうかんそく》って、へんだな。宇宙《うちゅう》には風《かぜ》も雨《あめ》もないのにな。」

「もちろん、地球《ちきゅう》の気象の観測ですよ。」

みんなは、「気象庁宇宙《きしょうちょううちゅう》ステーション測候所《そっこうじょ》」と書《か》いたドアをくぐりました。部屋《へや》の中にはテレビがズラリとならんでいて、地球のあちこちがうつっています。まるで、宇宙《うちゅう》から地球《ちきゅう》をにらんでいるようです。

「あら、ここはアフリカね。」

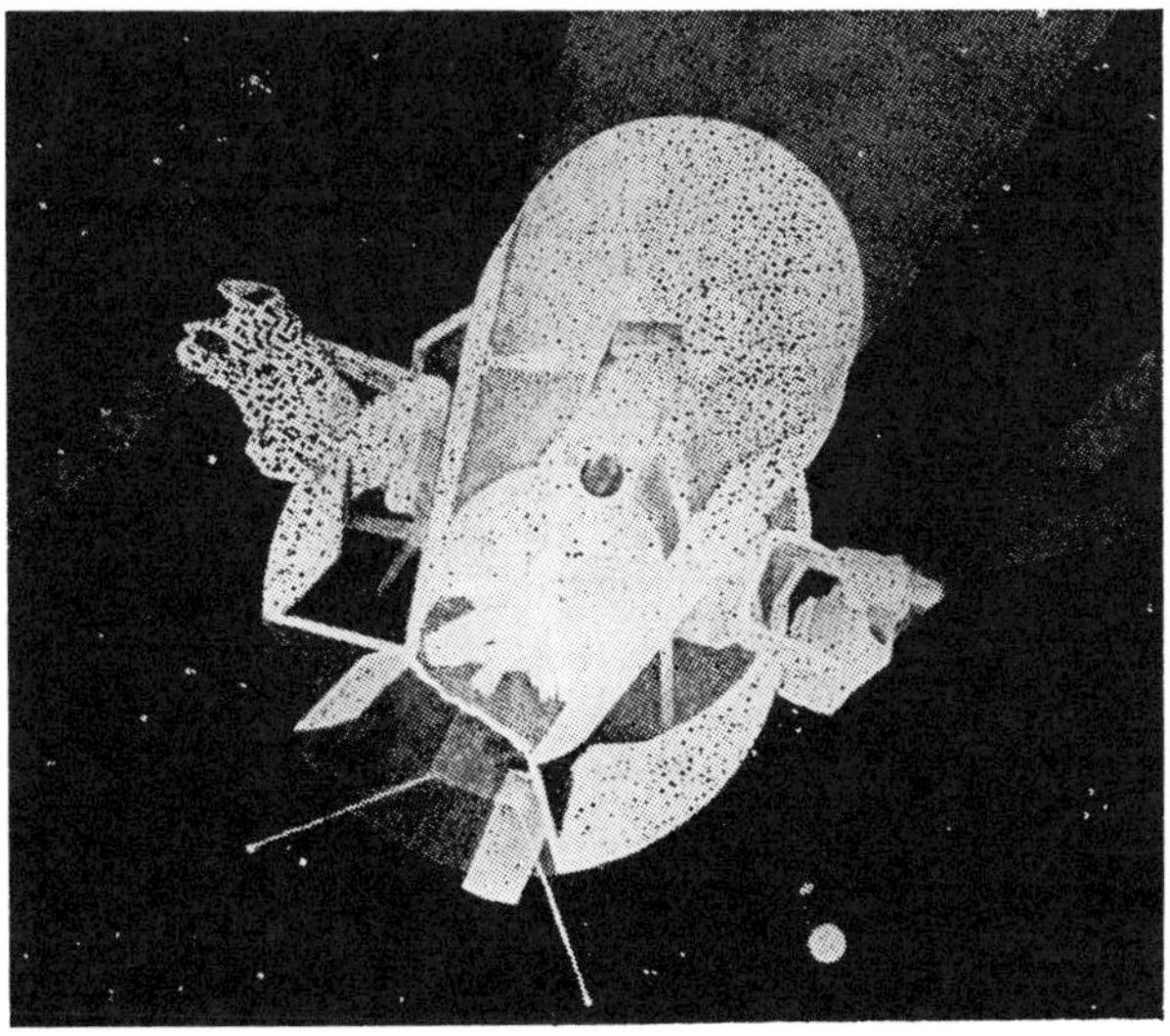
天文台衛星《てんもんだいえいせい》の想像図《そうぞうず》

「こっちは、北《きた》アメリカだ。おや、雲《くも》がこんなにうずまいているぞ。」

「あ、それはね、カリブ海《かい》にハリケーンが発生《はっせい》しているんだよ。海《うみ》の上はすごいあらしだろう。」

「よくわかりますねえ。これじゃ、地球上《ちきゅうじょう》の天気図《てんきず》が、一ぺんにできてしまうなあ。」

「そう、それがここの仕事《しごと》だよ。もっとも、夜《よる》のがわのは作《つく》れませんがね。」

「こんなにすぐわかっちゃうと、天気予報《てんきよほう》なんか、はずれっこありませんね。」

「世界《せかい》じゅうの天気図から、十日ぐらい先《さき》のお天気は、すぐわかりますよ。」

そのとき、マユミちゃんがたずねました。

「どうして、窓《まど》から地球《ちきゅう》を見ればいいのに、こんなテレビにうつすの？」

「ウフフフ……。窓から見るのですか。まあ、見てごらん。目《め》をまわさなければいいがね。」

カチッ、と音《おと》がして丸窓《まるまど》のブラインドがひらきました。

マユミちゃんは、かけよって窓の外《そと》をのぞきこんだとたん、

「あっ……」

と言って、クラクラッとして飛《と》びのきました。

「どうしたんだ、マユミ。」

「だめよ、とっても見えないわ。目がまわって……」

なるほど、窓《まど》の外《そと》はたいへんです。特急列車《とっきゅうれっしゃ》に乗《の》ったように、星《ほし》の群《むれ》が光《ひかり》のすじをひいて飛びすぎて行《ゆ》きます。そして、地球《ちきゅう》はあいだをおいて、サーッ、サーッと青白《あおじろ》い縞《しま》のような壁《かべ》になってとおりすぎ、地平線《ちへいせん》がグーッとせり上《あ》がって来て、またまっ暗《くら》な空に……。

「あっ、そうか！　このステーションは、二十秒《びょう》に一回《かい》のわりで、グルグルまわっているんだっけ！」

とススムくん。村山《むらやま》さんは、ほれごらん、と言ったような顔《かお》でわらっています。

「テレビは、いつも地球《ちきゅう》がうつるように、自動的《じどうてき》に装置《そうち》してあるのですよ。しかし、そんなことをしなくても、天気図《てんきず》は、カメラと電子計算機《でんしけいさんき》で、じかに作《つく》ってしまうのです。ほら、一枚《まい》出て来ました。」

スポッと、一枚の紙《かみ》が、平《ひら》たいカードの出口《でぐち》から飛《と》び出《だ》して来ました。

「これは、同時《どうじ》に超短波《ちょうたんぱ》で地上《ちじょう》の気象庁《きしょうちょう》へも送《おく》られて、同《おな》じ天気図が作られます。」

「うまくできていますねえ。」

ススムくんは感心《かんしん》してしまいました。

8　ドーナツの中《なか》の温室《おんしつ》

「おや、ここにもテレビがありますね。」

次《つぎ》の部屋《へや》をのぞいたススムくんがびっくりしてたずねました。

「あらっ、野球《やきゅう》やってるわ。こんな高《たか》いところから、あんなにはっきりうつるのね。」

「いやいや、これは中継用《ちゅうけいよう》の管制室《かんせいしつ》だよ。これは、日本から、台湾《たいわん》に向《む》けて送《おく》る、テレビ電波《でんぱ》だ。このステーションで中《なか》つぎしているのですよ。」

「あっ、ほら、博覧会《はくらんかい》でぼくたち、模型《もけい》を見たじゃないか。あれだよ。ほら、ロボットのおじさんが説明《せつめい》してくれたじゃないか。」

「おぼえてるわよ。まあ、これ、巨人阪神戦《きょじんはんしんせん》だわ。」

ふたりはすごく喜《よろこ》びました。でも、おしいことに、とちゅうで中継《ちゅうけい》がフッと消《き》えて、こんどは、ナホトカからカムチャッカに中継するロシヤ民謡《みんよう》のコーラスに変《か》わってしまいました。

次《つぎ》の部屋《へや》は？　これはすばらしい！　温室《おんしつ》です。

ほんとは「植物研究室《しょくぶつけんきゅうしつ》」なのです。この部屋の壁《かべ》は半透明《はんとうめい》で、つよい光《ひかり》が流《なが》れこんでいます。

「おっと、ここは紫外線《しがいせん》がつよいから、入るならこの黒《くろ》メガネをかけなさい。」

マユミちゃんは中へ入ってお喜《よろこ》び。

おもしろい、珍《めずら》しい草花《くさばな》や木がぎっしり生《は》えています。それに野《や》菜《さい》も！

「あら、キャベツだわ！　レタスもあるわ。さっき食堂《しょくどう》でたべたサラダは……」

「そうです。ここで作《つく》ったものだよ。でも、おいしいでしょう。これは食堂へのサービスに作っているんで、ほんとうは、紫外線《しがいせん》や宇《う》宙線《ちゅうせん》、重力《じゅうりょく》の変化《へんか》などで、植物《しょくぶつ》がどう変《か》わるかをしらべているのですよ。」

村山《むらやま》さんは、手近《てぢか》なところから、ブドウのふさを一つ取《と》りました。

「これはブドウです。ミカンじゃないんですよ。」

「ええっ、この大きなのがブドウ？　これじゃ、一つぶでおなかがいっぱいになりますね！」

「じゃあ、きょうのおやつは、ブドウ一つぶということにしましょうかな。地上《ちじょう》の子どもたちが聞《き》いたら、知《し》らない子はさぞふくれるでしょうなあ。アハハハ……」

村山《むらやま》さんはゆかいそうにわらいました。

ふたりはブドウをいただいて、乗員室《じょういんしつ》へ行《い》って一《ひと》やすみしました。

「この部屋《へや》は月船《げっせん》に乗《の》りこむ人たちの休憩室《きゅうけいしつ》ですよ。」

村山さんが言いました。

「月船って、やっぱり、スペース・コロンブス号《ごう》みたいなものですか?」

「いや、ちょっと違《ちが》います。第一《だい》、燃料《ねんりょう》は原子力《げんしりょく》を使《つか》ってもよいのです。」

「えっ、スペース・コロンブス号《ごう》は、原子力エンジンじゃなかったんですか。」

ススムくんがたずねました。

「ああ、あれは化学《かがく》燃料と、それをもやす酸素《さんそ》とを積《つ》んでいるのですよ。原子力《げんしりょく》を使って、もし放射能《ほうしゃのう》ガスがちょっとでも空気中《くうきちゅう》にまじるとたいへんでしょう。そんなことはまずないくらい安全《あんぜん》なんだが、用心《ようじん》するにこしたことはないから、地球《ちきゅう》から飛《と》び出すときには使《つか》わないことになってるのですよ。」

「ぼくたちが乗る月船《げっせん》は、どんなのですか?」

すると、村山《むらやま》さんは、ニヤリとして、

「さあ、どんなものかな。いまに見られるから、それまでおたのしみに……」

と言って、部屋《へや》を出て行ってしまったのでした。

第《だい》4章《しょう》

流《りゅう》星《せい》雨《う》

1　月船《げっせん》の組立《くみたて》

あくる朝《あさ》。

朝《あさ》といっても、ここには、地球《ちきゅう》のような日《ひ》の出《で》はもちろんありません。空《そら》はまっ暗《くら》、星《ほし》は一面《いちめん》にかがやいている、これでも朝です。夕方《ゆうがた》も夜《よる》も、朝と同《おな》じ景色《けしき》です。ぎらぎらと太陽《たいよう》がかがやいているそのまわりに、日食《にっしょく》のときだけに見《み》えるコロナが真珠色《しんじゅいろ》の美《うつく》しい光《ひかり》でかがやいています。そしておもしろいことに、地球が宇宙《うちゅう》ステーションのまわりをぐるぐるまわっているのです、というのは、宇宙ステーションがまわっているのですが、ここから見《み》ると、地球がまわっているように見えるわけです。

「あっ、見てごらん。人間《にんげん》が空を泳《およ》いでいる。」

ススムくんがさけびました。なるほど、背中《せなか》に酸素《さんそ》が入ったボンベをつけ、宇宙服《うちゅうふく》を着《き》た人たちが、ミズスマシのようにスイスイと空間《くうかん》を泳《およ》ぎながら働《はたら》いているのです。空間に浮《う》いた月船《げっせん》の材料《ざいりょう》を集《あつ》める仕事《しごと》をしているのです。

「あらあら、水族館《すいぞくかん》のようね。」

「そう言えば、タツノオトシゴのようだね。だって、さか立《だ》ちをしたり、横《よこ》になったりするもの。」

それはそのはずです。人間《にんげん》でもなんでも、みんなこのステーションと同《おな》じスピードで地球をまわっているのです。だから、あの人たちは、ちょうど人間衛星《にんげんえいせい》と言ってもいいでしょう。だから、横《よこ》になろうが、さか立《だ》ちしようが、ちっとも苦《くる》しくはないわけです。

「でも、あの人たち、どうやって動《うご》くのかしら。」

「よく見《み》てごらん。右手《みぎて》にポータブル・ロケットを持《も》っているじゃないか。あのボタンを押《お》すと、ガスが吹《ふ》き出《だ》して、すき勝手《かって》な方向《ほうこう》に行《い》けるのさ。」

と言っているうちに、一番近《ばんちか》くにいた十三号《ごう》の人間衛星《にんげんえいせい》が、電気《でんき》スタンドのかさのような大きな太陽炉《たいようろ》をひっかけ、右手の方《ほう》に進《すす》んで行きました。音《おと》はぜんぜんありませんが、きっと空中《くうちゅう》ならばジェット機《き》のような音を出すのでしょう。星空《ほしぞら》に、ロケットから吹《ふ》き出《だ》したガスがたちまちこおって、飛行機雲《ひこうきぐも》のような煙《けむり》の帯《おび》ができます。それが太陽に照《て》らされて、雪《ゆき》のようにキラキラ光《ひか》って、とてもきれいなのです。

いま、宇宙《うちゅう》ステーションのまわりの空間《くうかん》に散《ち》らばり、ステーションと一しょにまわっている月船《げっせん》の組立材料《くみたてざいりょう》は、一たん地上《ちじょう》で完全《かんぜん》なものとして作ったものを分解《ぶんかい》して、三段《だん》ロケットにのせて運《はこ》んで来たものです。一九五〇年代《ねんだい》の終《お》わりに成功《せいこう》したソ連《れん》のスプートニク第《だい》二号《ごう》の三段ロケットの重《おも》さは六十トンです。観測機材《かんそくきざい》の重さは二百キログラムでした。三段ロケットの三百分の一の荷物《にもつ》を、スプートニクは人工衛星《じんこうえいせい》の軌道《きどう》まで持《も》って来たことになります。ところが二十一世紀《せいき》には、積《つ》み荷《に》の重さとロケットの重さをくらべると、一対《たい》一〇〇くらいになりました。つまり一千トンのロケットで打《う》ち上《あ》げられる荷物は、十トンまでのせることができるようになったのです。

いまここでは五台《だい》の月船《げっせん》が組立中《くみたてちゅう》ですが、一台の重さは約《やく》四千トン、そのうちの三台は人が乗《の》り、二台は貨物用《かもつよう》として設計《せっけい》されています。五台の月船の全部《ぜんぶ》の重さは二万トン。一台のロケットが十トンずつ運《はこ》んだとすると、二千回往復《かいおうふく》しなければなりません。天馬博士《てんまはかせ》の話によると、地上の基地《きち》から月船の建設《けんせつ》材料を運ぶのにつかったフェリー・ロケットの数《かず》は十五台だということですから、一台のロケットが百三十三回は運んだことになるわけです。

ここは、その月船の組立指令室《しれいしつ》。テレビをのぞいていると、月船はおもしろいようなスピードで組《く》み立《た》てられて行きます。この指令室は、現場《げんば》から無線電話《むせんでんわ》で連絡《れんらく》できるのです。

「こちらは十八号《ごう》。こちらは十八号。ただいま二台の月船組立完了《かんりょう》。連絡どうぞ。」

「こちらは指令室《しれいしつ》。ごくろうさま。一時間後《じかんご》に点検《てんけん》に行きます。技術員《ぎじゅついん》はそのまま月船内《げっせんない》で待《ま》っていてください。」

村山技師《むらやまぎし》は、マイクロフォンで一つ一つ応答《おうとう》します。テレビに二台《だい》の月船がうつり、仕事《しごと》を終《お》わった人間衛星《にんげんえいせい》たちが、小型《こがた》ロケットからガスを噴射《ふんしゃ》させながら、月船に帰《かえ》って行くのがはっきり見えます。

「月船て、とても格好《かっこう》が悪《わる》いわね。流線型《りゅうせんけい》のロケットとはぜんぜんにてないわね。」

「ほんとだね。どうしてあんなにゴツゴツした格好をしてるんだろう。もっとスマートにすればいいのにさ。」

ふたりがブツブツ言《い》うのを聞いていた村山技師は、

「月船はね、空気のない宇宙空間《うちゅうくうかん》を飛《と》んで行くのですから、なにも流線型にする必要《ひつよう》はないのですよ。月《つき》にも空気はないし、空気の抵抗《ていこう》を考《かんが》えることはいらないのです。どうです、月船《げっせん》を見に行きますか。子ども用《よう》の宇宙服《うちゅうふく》があるけど……そうだ。天馬博士《てんまはかせ》も先《さき》に行《い》きましたよ。」

ふたりは、もちろん飛《と》び上《あ》がって喜《よろこ》びました。

2 ぶ格好《かっこう》な怪物《かいぶつ》

みんなはステーションの内《うち》がわの出入口《でいりぐち》に行きました。エレベーターでエア・ロックの玄関《げんかん》に入ったとたん、引力《いんりょく》がなくなって、ススムくんたちのからだはまた、フワリと浮《う》いてしまいました。何度経験《なんどけいけん》しても、このフワフワは、どうもからだの工合《ぐあい》が悪《わる》いものです。

「出 発準備《しゅっぱつじゅんび》終《お》わり。これからそちらへ向《む》かいます。」

村山技師が、無線電話《むせんでんわ》で大声《おおごえ》で連絡《れんらく》しますと、壁《かべ》の赤《あか》ランプがダイダイ色《いろ》に変《か》わり、二分たつと青《あお》ランプがつきまし

た。青《あお》ランプは、「空気《くうき》を抜《ぬ》いた。外《そと》へ通《つう》ずるドアをあけてもいい。」という合図《あいず》です。

「…………」

空気ドアが音《おと》もなく開《ひら》きました。さあ、月船《げっせん》に向《む》かって出発《しゅっぱつ》です。からだが座席《ざせき》のうしろに押《お》しつけられる感《かん》じがしたなと思《おも》った瞬間《しゅんかん》、もうロケット・ボートは宇宙空間《うちゅうくうかん》にすべり出《だ》していました。

「あら、目《め》の前《まえ》のあのダイダイ色《いろ》の星《ほし》、きれいだわ。」

「ああ、あれですか。あれはオリオン座《ざ》のベテルギュウスという星ですよ。あれは一等星《とうせい》といって、星の中でも特《とく》に明《あか》るい星なんだけど、ほら、あっちに同《おな》じように光《ひか》るプロキオンという星があるのです。あれと、右手《みぎて》の上の方にシリウスといって、地球《ちきゅう》から見《み》た星の中で一番《ばん》明るい星が光っているでしょう。あれと三つで、〝冬《ふゆ》の大三角形《だいさんかっけい》〟と言われている幾《き》何学模様《かがくもよう》ができるのですよ。これがわれわれの宇宙旅行《うちゅうりょこう》の一つの目《め》じるしになっているわけです。」

村山技師《むらやまぎし》は、あっちこっち指《ゆび》さしながら説明《せつめい》します。

「でも、地球ってきれいだなあ。あたりがまっ暗《くら》だから、まるで手に取《と》るように近《ちか》くに見えますね。だけど、さっき見たときと、地球の色《いろ》がどうしてあんなに違《ちが》うんだろう。」

「それはね、だんだん地球が夜《よる》になって来たからですよ。さっきは、太陽《たいよう》の光《ひかり》を横《よこ》から受《う》けていたでしょう。いまは太陽が地球のむこうがわにまわってしまったから、ちょうど地球の夜の部分《ぶぶん》をわたしたちは見ているのです。」

「夜《よる》ってまっ暗《くら》なんでしょう。どうしてあんなに明るく光っているの。」

「マユミちゃん、それは空気《くうき》の反射《はんしゃ》のためさ。」

「そう。地球って、こうやって見ると、ほんとに空気が水みたいにたくさんおおっているのね。だから、地上《ちじょう》のありさまがよく見えやしないわ。あのところどころにチカチカ光っている点《てん》はなあに。」

「あの光る点の集《あつ》まりが見えたところは、多分《たぶん》ヨーロッパでしょうよ。」

「へえ、じゃあ、あの光《ひかり》の点《てん》の中に、パリやロンドンやベルリンやローマの灯《ひ》があるんですね。日本はどこかな。」

「そうですね、日本はそろそろ朝《あさ》になったころでしょうね。」

こう言っているうちに、月船《げっせん》が近《ちか》づいて来ました。

よくみがかれたジュラルミンに太陽《たいよう》が反射《はんしゃ》して、月船はまぶしいほど光《ひか》っています。見《み》れば見るほどぶ格好《かっこう》な月船です。高《たか》さは六十メートル、はばは四十メートルと言っても、こんなに広《ひろ》い宇宙空間《うちゅうくうかん》の中に浮《う》いていますから、ちょっと見ると、プラモデルのように小さく見えます。

「ただいま月船付近《ふきん》に到着《とうちゃく》。まず周囲《しゅうい》の点検《てんけん》から実施《じっし》します。報告《ほうこく》終わり。」

村山技師《むらやまぎし》が、ステーションに向《む》かって通知《つうち》しました。ボートはゆっくり月船のまわりを旋回《せんかい》し始《はじ》めました。

「さあ、これから月船《げっせん》の説明《せつめい》だ。いいかい、よく見るんだよ。」

村山さんは、観光《かんこう》バスのガイドのような説明を始めました。マユミちゃんはおお喜《よろこ》び。

「みなさま、正面中央《しょうめんちゅうおう》に見えますハチの巣《す》のような穴《あな》があいているところは、ロケットの噴射装置《ふんしゃそうち》です。合計《ごうけい》三十個《こ》ございまして、燃料《ねんりょう》はヒドラジンと硝酸《しょうさん》で、これは月船の両《りょう》がわに二つずつついている四個の球形《きゅうけい》のタンクと、マユのような形《かたち》のタンク十四に入っております。

エンジンはどうにでも向《む》きを変《か》えられるようになっておりますので、自動車《じどうしゃ》のようにUターンすることもできますし、右でも左でもすきな方向《ほうこう》に進《すす》むことができるのでございます。

一番《ばん》前にある球《きゅう》は乗員室《じょういんしつ》です。隊員用《たいいんよう》の月船《げっせん》は二十人、貨物用《かもつよう》のは十人が定員《ていいん》でございます。燃料《ねんりょう》タンクも乗員室も全部《ぜんぶ》ナイロンで作《つく》られております。理由《りゆう》ですか。ナイロンは軽《かる》いので、地球《ちきゅう》から運《はこ》ぶ回数《かいすう》が少《すく》なくてすみますし、月船の重《おも》さを軽くできるからです。もちろんナイロンは二重《じゅう》にしてあり、そのあいだに生《なま》ゴムをつめてあります。これは、もし流星《りゅうせい》にぶつかって穴《あな》をあけられたとき、ゴムですと、自動的《じどうてき》に穴がふさげるからでございます。次《つぎ》、オーライ。」

ロケット・ボートは乗員室《じょういんしつ》の方《ほう》に近《ちか》づきました。

「みなさま、乗員室の下の方のはちまきのようなものから、二本《ほん》の腕《うで》が出《で》ているのが見えるでしょうか。一本は超短波用《ちょうたんぱよう》のアンテナ。もう一本は太陽炉《たいようろ》で、あの雨《あま》どいのような形《かたち》をした反射鏡《はんしゃきょう》で太陽《たいよう》熱《ねつ》を集《あつ》め、四十キロワットの電力《でんりょく》を起《お》こすことができます。」

「村山《むらやま》さん、じゃないガイドさん。どうして月船《げっせん》はまっ白《しろ》にぬってあるの。赤《あか》とか、だんだらにぬれば、とても目立《めだ》ってきれいだのに。」

「それはですね、あのとおり月船は太陽の光《ひかり》を受《う》けて、普通《ふつう》に見ると目をやられてしまいます。こうやって、紫外線《しがいせん》と赤外線《せきがいせん》をよける宇宙《うちゅう》メガネをかけて見ても、あんなに光っているくらいです。この太陽熱から守《まも》るために、ああいうふうに白い色《いろ》にぬってあるわけなんです。その上ですね、太陽熱を吸《す》い取《と》れるところはうんと高《こう》温《おん》になりますし、太陽《たいよう》のあたらない陰《かげ》や、空気《くうき》のない宇宙空間《うちゅうくうかん》は、零下《れいか》二百七十三度《ど》というおそろしいほどの寒《さむ》さです。」

「零下二百七十三度、すごいなあ。」

「どんな寒さかしら。きっとからだじゅう、こおりついてしまうわね。」

「そのとおりですよ。零下二百七十三度というのは、これ以《い》上《じょう》低《ひく》くならないくらい低い温度《おんど》で、絶対零度《ぜったいれいど》ともいいます。こんなはげしい温度の違《ちが》いを調節《ちょうせつ》するために、ナイロン製《せい》の乗員球《じょういんきゅう》をジュラルミンのうすい板《いた》でおおい、ところどころ

宇宙研究用《うちゅうけんきゅうよう》の無人宇宙船《むじんうちゅうせん》。大きな反射鏡《はんしゃきょう》で太陽熱《たいようねつ》を集《あつ》めて，電力《でんりょく》をおこします。

黒《くろ》くぬり、その部分《ぶぶん》が日陰《ひかげ》に入ったとき、熱《ねつ》が早く逃《に》げるような仕《し》かけもある。」
と、村山技師《むらやまぎし》は説明《せつめい》してくれました。

このほか、ジュラルミンの板《いた》は、月船《げっせん》を流星《りゅうせい》から守《まも》る役目《やくめ》も果《は》たしてくれます。

さて、外《そと》からの検査《けんさ》はこれですみました。ロケット・ボートは月船に近《ちか》づきました。月船の入口《いりぐち》からからだを乗《の》り出《だ》している宇宙服《うちゅうふく》の人がいました。

「あっ、天馬博士《てんまはかせ》だ。」

「おーい、ススムくんにマユミちゃん、おそかったね。だいぶねぼうしたらしいじゃないか。」

「先生《せんせい》ひどいわ。先《さき》に行っちゃうなんて。」

「なんだね、君《きみ》たち。これから新《あたら》しい世界《せかい》を見に行こうというのに。元気《げんき》を出したまえ、元気を。ところで、どうだった、宇宙の旅《たび》は。こわくはなかったかい。」

みんなは、エア・ロックの部屋《へや》に入りながら、おしゃべりをしています。

「とってもすごかったわ。でも、音《おと》がぜんぜんしないので、気持《きもち》が悪《わる》かったけど……。」

「ぼく、空気《くうき》のない世界《せかい》がこんなに静《しず》かなものだとは、想像《そうぞう》もしませんでしたよ。」

3　ロウソクは消《き》えなかった

エア・ロックの部屋《へや》から、エレベーターで乗員室《じょういんしつ》に行きました。エレベーターからおりたところは、五階《かい》に分《わ》かれた乗員室の一番上《ばん》にある操縦室《そうじゅうしつ》でした。月船の船長《せんちょう》や機関士《きかんし》がいるところです。船《ふね》のブリッジにあたるところと言っていいでしょう。計器《けいき》の調整《ちょうせい》にあたっていたどっしりした人が近《ちか》づいてきました。

「やあよく来《き》ましたね。」

「船長《せんちょう》の中村《なかむら》さんだよ。こちらは大鳥《おおとり》ススムくんと妹《いもうと》のマユミちゃん。」

「やあ、どうも。ゆっくり見て行ってください。」

「それでは、わしがかわって案内役《あんないやく》になろうかな。」

と、天馬《てんま》博士《はかせ》。

「すごい計器板《けいきばん》ですね。」

「そうとも。こちらは燃料計《ねんりょうけい》。これは燃料タンクごとに作《つく》られていて、一つのタンクがからになるとすぐ切《き》りかえるようになっているんだ。」

「これは?」

「これは温度計《おんどけい》さ。船《ふね》の外《そと》のあっちこっちの温度をはかって、あまり温度の違《ちが》いがはげしいときは、放熱板《ほうねつばん》を開《ひら》いたり、しめたりして調節《ちょうせつ》するんだよ。」

「あっ、あれは気圧計《きあつけい》でしょう。これはすぐわかったよ。」

「そう、気圧計は船室《せんしつ》の中の気圧をはかるものだ。」

「このほかに、水量計《すいりょうけい》もありますよ。」

と、村山《むらやま》さんが指《ゆび》さします。

「一つの船《ふね》に、どのくらい水《みず》が積《つ》んであるの?」

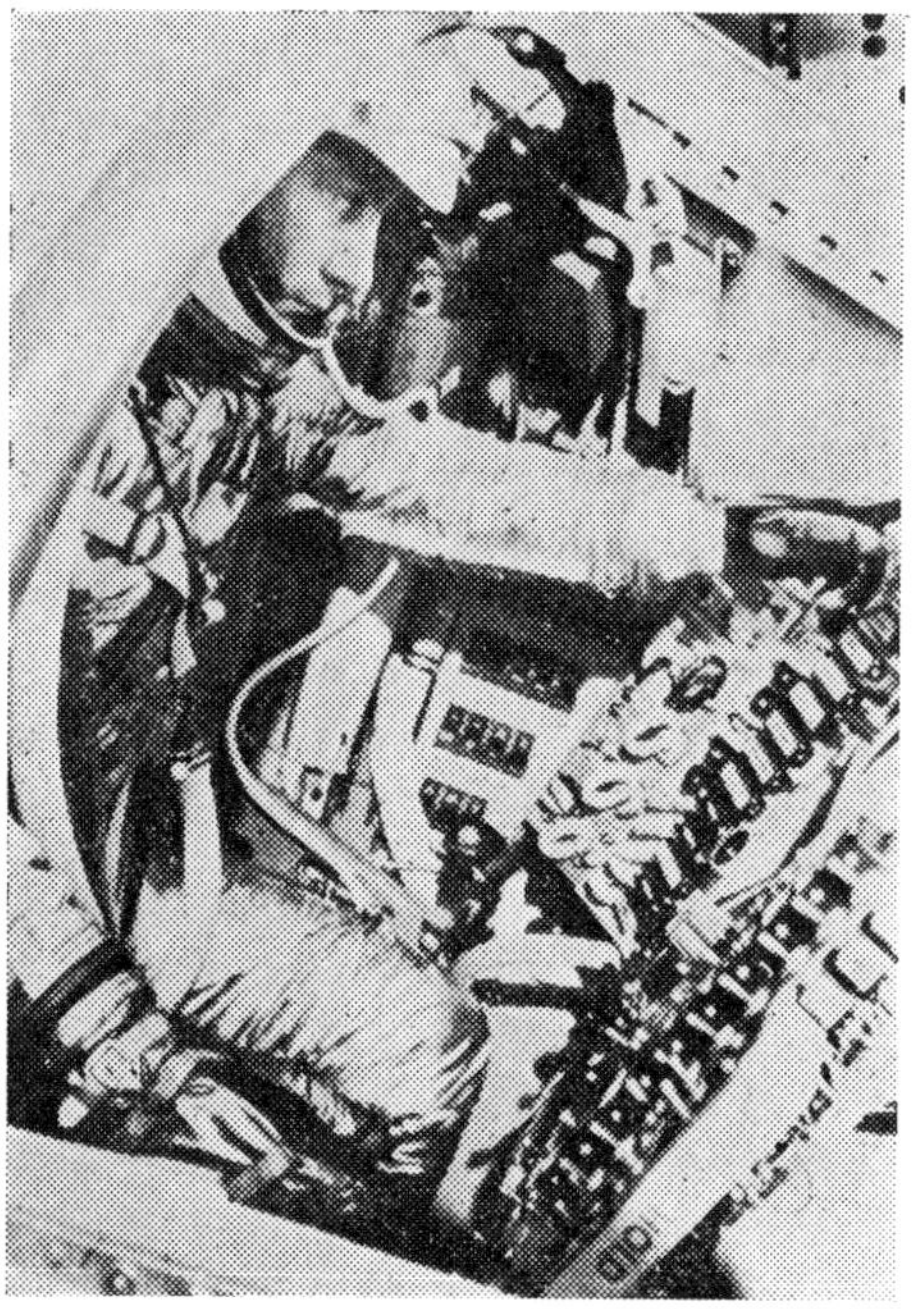

宇宙《うちゅう》ロケット内《ない》の複雑《ふくざつ》な機械《きかい》（アメリカ）

「そうですね。八百キログラムくらいでしょうね。なにしろ一滴《てき》の水も大切《たいせつ》なんで、乗組員《のりくみいん》が吐《は》く息《いき》や汗《あせ》からも水分《すいぶん》を吸《す》い取《と》れるようになっているんです。」

マユミちゃんは、空気《くうき》のにおいをかぐように、ヒクヒク鼻《はな》を動《うご》かしました。

「あーあ、気持《きもち》のいい風《かぜ》が吹《ふ》いて来たわ。」

と言《い》ってから、キョロキョロあたりを見まわして、

「へんだわ。扇風機《せんぷうき》もないし、こんな静《しず》かな風どこから来《く》るんでしょう。春《はる》の風のようじゃない？」

「ハハハ。マユミちゃん、またひるねでもしたくなりそうな顔《かお》をしているね。ところで、この風は、ひるねをするためにあるんじゃないんだよ。この風がないと、君《きみ》たちは息《いき》がつまって死《し》んでしまうんだよ。」

「えっ、息がつまるって、どうしてなんですか。」

ススムくんはびっくりしました。

「なるほど。じゃあ、説明《せつめい》してあげよう。まずここにロウソクがある。このロウソクは停電用《ていでんよう》じゃなくて、乗組員の誕生《たんじょう》日《び》のお祝《いわ》いのパーティにつかうものなんだ。二十世紀《せいき》の東京とは違《ちが》って、二十一世紀の月船《げっせん》の中では、停電《ていでん》なんかないからね。さてと、このロウソクに火《ひ》をつけてみよう。」

天馬《てんま》博士《はかせ》は、ポケットからガスライターを取《と》り出《だ》して、ロウソクに火をつけました。ダイダイ色《いろ》のほのおがそよ風《かぜ》にゆれて、キラリとともりました。

「さて、ススムくん。ロウソクが燃《も》えつづけるためには、なにが必要《ひつよう》かね。」

「はい、酸素《さんそ》です。」

「そうだ。酸素だ。しかし酸素があるだけでは、ロウソクは燃えるけど、いずれ消《き》えてしまう、ということはわかるかな。ロウソクが燃えつづけるためには、次次《つぎつぎ》に新《あたら》しい酸素が供給《きょうきゅう》されることが必要なんだ。重力《じゅうりょく》のある地上《ちじょう》では、ロウソ

クが燃《も》えて炭酸《たんさん》ガスができても、ほのおのまわりの空気《くうき》はあたためられるから、軽《かる》くなって、炭酸ガスは上へ上《あ》がってしまい、そのかわりにまわりから酸素《さんそ》をたっぷり含《ふく》んだ新《あたら》しい空気が入って来るだろう。これは対流作用《たいりゅうさよう》というんだな。いつも新しい酸素がロウソク目《め》がけてやって来るから、ロウソクは燃《も》えつづけるわけだよ。ところで、月船《げっせん》では重力《じゅうりょく》がないから、対流作用が起《お》こらない。このわけはわかるね。」

「ええ、わかります。空気《くうき》だって重《おも》さがあるから、地上《ちじょう》では、上《あ》がったり下《さ》がったりするんですね。」

「そうだ。したがって、ロウソクのまわりには、炭酸ガスがたまってしまって層《そう》を作《つく》って動《うご》かないので、、ほのおは酸素をどこからももらえなくなってしまう。」

「あら、ロウソクは息《いき》がつまるのだわ。」

「そのとおり。おっと、酸素《さんそ》がもったいない。」

天馬《てんま》博士《はかせ》は、あわててロウソクの火《ひ》を消《け》しました。

「わかったかね。これと同じように、人間《にんげん》も、吐《は》き出《だ》した炭酸ガスがどんどん鼻《はな》のまわりに集《あつ》まって、酸素が吸《す》えなくなるとたいへんだろう。しまいには窒息《ちっそく》してしまうというわけさ。」

「なるほど。それで、いつもそよ風《かぜ》を吹《ふ》かせて空気を動《うご》かしているわけなんですね。」

「そのとおり。」

さて、みんなは無電室《むでんしつ》へ入りました。地球《ちきゅう》の基地《きち》からマイクロ・ウェーブで送《おく》って来る信号《しんごう》を受信《じゅしん》して、自動的《じどうてき》に航《こう》路《ろ》を修正《しゅうせい》する装置《そうち》や、月船《げっせん》とのあいだや、宇宙《うちゅう》ステーションとのあいだの通信用《つうしんよう》の設備《せつび》がありました。また天井《てんじょう》に天体《てんたい》望遠鏡《ぼうえんきょう》がぶら下《さ》がっている観測室《かんそくしつ》もあります。それから流星《りゅうせい》を見守《みまも》るレーダーや、ロケット・エンジンの方向《ほうこう》を変《か》え、進路《しんろ》を定《さだ》める自動操縦装置《じどうそうじゅうそうち》や、月に着陸《ちゃくりく》するときの制御《せいぎょ》装置などがあります。

「四階《かい》はなあに。」

「四階は航行室《こうこうしつ》さ。」

そこにはまん中《なか》にまるい大《おお》きなテーブルがあって、三人の乗組員《のりくみいん》がなにかを見《み》ていました。

「あっ、電子計算機《でんしけいさんき》だ。」

「そのとおり。これは月船用《げっせんよう》に特別《とくべつ》に作《つく》ったやつでね。この計算が終《お》わると、テープにパンチで穴《あな》をあけて、自動操縦機《じどうそうじゅうき》に、ほうりこんでやるのさ。」

「へえ。そうするとどうなるの。」

「穴をあけたとおりの、つまり計算どおりの軌道《きどう》に月船が進《すす》むというわけだよ。だが、この電子計算機は、月船の位置《いち》をきめる計算《けいさん》にもつかうのだ。」

「位置をきめるって、ちゃんと軌道はきまってるんでしょう。」

「そうさ。そうだが、月《つき》へ出発《しゅっぱつ》してしまうと、はっきりはかることがむずかしくなる場合《ばあい》があるからね。」

「たとえばどんな？」

「もしも自動操縦装置《じどうそうじゅうそうち》に狂《くる》いがきた場合《ばあい》にだよ、正《ただ》しい軌道《きどう》になおさないと、たいへんなことになってしまうだろう。こういうときに電子計算機《でんしけいさんき》が役《やく》に立《た》つんだよ。ちょっとむずかしかったかな、これは。」

「ええ、なんだか頭《あたま》が痛《いた》くなっちゃった。どこかで休《やす》みたいわ。」

マユミちゃんは、うんざりしたような声《こえ》をあげました。

「なるほど、勉強《べんきょう》の時間《じかん》があまり長いと、からだに毒《どく》だっけ。そろそろお昼《ひる》の時間だし、ここいらで一休《ひとやす》みしよう。さあ、君《きみ》たち、来《き》たまえ。」

「今度《こんど》はどこへ行《い》くのですか。」

「きまっているじゃないか。マユミちゃんの大《だい》すきな食堂《しょくどう》へね。」

マユミちゃんはそれを聞《き》くと、まっかな顔《かお》をして、にっこりわらいました。

4　オムレツとロースト・チキン

みんなは食堂《しょくどう》におりて行きました。食堂の壁《かべ》には壁かけテレビがあって、ちょうどパリのテレビ局《きょく》のおどりの番組《ばんぐみ》がうつっていました。部屋《へや》のまん中《なか》には食卓《しょくたく》があり、二本《ほん》のベルトがテーブルの端《はし》のみぞの中をまわっています。

「さあ、なにがいい。献立《こんだて》は四十種類《しゅるい》ほどあるのだよ。デパートの食堂なみだろう。」

「おうちで食《た》べるようなごちそうはないの?」

「さあ、そういうわけにはいかないがね。なにしろ月船《げっせん》の中だからな。」

博士《はかせ》は、メニューを取って、ふたりに見《み》せました。一から四十までの番号《ばんごう》が書《か》いてあります。そして、月船でこんなも

のが食《た》べられるのかと思《おも》われるほど、すばらしいごちそうが並《なら》んでいます。

「ぼくは十四番《ばん》がいいや。」

「わたしは十八番にするわ。」

「ススムくんはロースト・チキンとスパゲッティ、マユミちゃんはオムレツにハムサラダだね。」

博士《はかせ》は注文《ちゅうもん》しました。注文といっても、テーブルの横《よこ》にあるジューク・ボックスのような数字《すうじ》のボタンを押《お》すと、自《じ》動的《どうてき》に料理《りょうり》が作《つく》られるのです。ふたりは、どんなのが出《で》て来るかと、目《め》をかがやかして見《み》ています。

「スポン。スポン。」

食料《しょくりょう》のたなから、低温《ていおん》で乾《かわ》かした料理が、マジック・ハンドで取《と》り出《だ》されます。そして、すぐ短波加熱機《たんぱかねつき》にひとりでにスポッと入《はい》りました。これは、ちょうどジューク・ボックスのレコードが、注文どおりに回転盤《かいてんばん》の上に置《お》かれるのと同じ操作《そうさ》です。あまり自動的なので、まるで魔法《まほう》の国《くに》に行ったような感《かん》じがします。

「ね、ちょっとおもしろいだろう。重力《じゅうりょく》のない月船《げっせん》では、地球《ちきゅう》なみに料理なんかできないから、献立《こんだて》にあるごちそうは、みんな地上《ちじょう》で作ったものさ。

月船ができ始《はじ》めた時代《じだい》は、料理なんか持《も》って来《こ》ないで、アメ玉《だま》のようなビタミン食《しょく》でがまんしていたんだが、あいつは、栄養《えいよう》はあってもおなかが一ぱいにならないし、胃袋《いぶくろ》がキュウキュウ鳴《な》って仕方《しかた》がないんで、地上で食《た》べるものと同《おな》じものを用意《ようい》して来たわけなんだよ。」

そのうちに、短波加熱機《たんぱかねつき》であたためられた料理《りょうり》は、バネのついたふたのある食器《しょっき》にひとりでに入《い》れられ、テーブルのコンベア・ベルトにのせられました。プラスチック製《せい》の食器の底《そこ》がガチャンとベルトにはまり、動《うご》かなくなるようなしかけです。ロースト・チキンやオムレツが、おもちゃの兵隊《へいたい》の行進《こうしん》のように、ゆっくりとテーブルのまわりをふたりの方に進《すす》んで来ました。

ちょうどふたりの前《まえ》に来たとき、博士《はかせ》が食器《しょっき》を手《て》もとに引《ひ》っぱると、コンベア・ベルトから、それぞれの席《せき》の方《ほう》につけられたみぞにはまりこんでとまりました。食器はみぞにはめておかないと、重力《じゅうりょく》がないので、ごちそうが動《うご》き出《だ》して、食《た》べることができません。またスプリングつきのふたも、ごちそうが浮《う》かび上《あ》がるのを押《おさ》えるためのものでした。

ふたをあけると、湯気《ゆげ》が立《た》ちこめ、料理《りょうり》はあつくて、まるでいま作《つく》られたばかりのようでした。

「いただきまぁす。」

「いただきまぁす。」

ふたりは待《ま》ってたとばかりに食《た》べ始《はじ》めます。注意《ちゅうい》しないと、ふたの下に押《おさ》えつけてあるごちそうが、フワフワ浮《う》き上《あ》がります。

「いやだわ。ハムが逃《に》げちゃう。」

「マユミ、ほら、しっかりふたで押えてないと……。おっと、今度《こんど》はトマトが逃げるよ。あっ、とうとうやった。」

マユミちゃんは、空中《くうちゅう》に泳《およ》ぎ出《だ》したハムを、あわてて口《くち》でぱっくりとくわえました。

「なんて行儀《ぎょうぎ》の悪《わる》いやつだ。」

「おやおや、マユミちゃん、ちょうど金魚《きんぎょ》がえさを食《た》べているようだよ。」

博士《はかせ》はおおわらいです。

「と言うわたしもね、最初《さいしょ》のころは、ビフテキが逃《に》げ出《だ》して、やっと部屋《へや》のすみっこでつかまえたときには、たんこぶを二つも作《つく》ってね。ワハハハ。」

「これじゃ、ぼくたち月船《げっせん》の中の食事《しょくじ》が上手《じょうず》になるまでには、だいぶけいこしなければなりませんね。まるで赤《あか》んぼうみたいだな。」

ススムくんは頭《あたま》をかきました。

「どうだい。食事《しょくじ》がすんだら、乗員室《じょういんしつ》に行ってみないか。いろんなゲームがあるよ。なにしろ長い宇宙旅行《うちゅうりょこう》だから、退屈《たいくつ》しないように、かさばらないゲームをいろいろ持《も》って来ているんだ。」

5　おふろに入《はい》りたい

みんなは、二階《かい》にある居住室《きょじゅうしつ》に行《い》ってみました。壁《かべ》に沿《そ》ってカイコだなのようなベッドがあり、ねていてもひとりでに外《そと》へ飛《と》び出《だ》さないように、バンドでからだを結《むす》びつけるしかけになっています。

「あら、こっちの部屋《へや》はおふろよ。」

マユミちゃんが、となりをのぞいて言《い》いました。

「そうだ。シャワーもあるね。しかしこれは月《つき》に着陸《ちゃくりく》しないと使《つか》えないんだ。重《おも》さがないから、シャワーから水《みず》を出しても、水は玉《たま》になって部屋《へや》じゅうをぐるぐる動《うご》きまわるし、それに水を入れようとしても、水はたまるわけがないからね。」

「それじゃ、宇宙旅行中《うちゅうりょこうちゅう》はおふろにぜんぜん入《はい》れないの。」

「そんなことはない。かわりにスポンジをお湯《ゆ》にひたして、からだをふくことになっている。」

そこで、ススムくんは思《おも》い出《だ》しました。

「ぼくたち、日本を出発《しゅっぱつ》してから、一度《ど》もおふろに入ってないんです。月に着《つ》いたら、シャワーをあびさせてもらえますか。」

そこへちょうど入って来た中村船長《なかむらせんちょう》は、にこにこわらって、

「いいとも、いいとも。毎日《まいにち》、隊員《たいいん》のみんながつかっているおふろの水が残《のこ》っているから、それをおつかい。」

「えっ、なんですって。毎日おんなじ水をつかっているんですか。」

思《おも》わずススムくんがさけぶと、

「なに、大丈夫《だいじょうぶ》さ。おふろにつかった水でも、水は捨《す》てないで全部回収《ぜんぶかいしゅう》して、もう一度《ど》きれいな水に作《つく》りなおし、何度《なんど》でもつかうんだよ。」

と、天馬博士《てんまはかせ》が説明《せつめい》しました。

「さて博士。」

と、中村船長が言いました。

「四十八時間後《じかんご》に出発《しゅっぱつ》です。一度ステーションにお帰《かえ》りください。月船《げっせん》にいると、二倍《ばい》も疲《つか》れますから。」

「承知《しょうち》しました。さあ、みんな、そろそろ帰る時間《じかん》だよ。」

「あと二時間もすると、月船はロケット・エンジンの試験《しけん》にかかります。ちょっとそこらまで飛《と》んで、トンボがえりをし

て帰《かえ》って来るだけの試験《しけん》ですがね。」

帰りぎわに、村山《むらやま》さんが月船《げっせん》をふりかえりながら、みんなに言《い》いました。

6　宇宙《うちゅう》のグレン隊《たい》

宇宙ステーションに帰って来《く》ると、まっさきに、だれかがドタドタとエア・ロックのところへかけこんで来ました。気象室長《きしょうしつちょう》の大野《おおの》さんです。

「どうした。」

「どうしたんだ。」

「博士《はかせ》、たいへんなんです。いまから五分《ふん》ほど前《まえ》、警報《けいほう》がありましてね。」

「なんの警報ですか。」

「アメリカの流星観測用《りゅうせいかんそくよう》のステーションから警報があって、流星群《りゅうせいぐん》がわれわれの方《ほう》に接近《せっきん》しつつあると言うんです。」

「えっ、流星群。」

「そうです。カシオペアの方向《ほうこう》からだと言うのですがね。それで現在《げんざい》、ステーションには流星警報《りゅうせいけいほう》が出されて、全員非常配置《ぜんいんひじょうはいち》についています。」

博士は顔色《かおいろ》を変《か》えました。もし大きな流星が宇宙ステーションに衝突《しょうとつ》したら、あっという間《ま》にステーションはこなごなにくだけ、宇宙空間《うちゅうくうかん》に飛《と》び散《ち》ってしまい

1885年に，滋賀県栗太郡田上山《しがけんくりたぐんたがみやま》で発見《はっけん》された田《た》上隕鉄《がみいんてつ》。重《おも》さ170キロで日本一の大きさです。

ます。ススムくんとマユミちゃんは顔《かお》を見合《みあ》わせました。

「どうしましょう、博士《はかせ》。」

「いや、心配《しんぱい》してもしょうがないよ。流星《りゅうせい》はめったにあたるものではないのだ。マユミちゃん、談話室《だんわしつ》のソファにでも行《い》こう。」

宇宙空間《うちゅうくうかん》には無数《むすう》の流星が飛《と》んでいます。普通《ふつう》は、空間に散《ち》らばる小《ちい》さなごみが、地球《ちきゅう》を取《と》り巻《ま》く空気《くうき》の中につっこんで、摩擦《まさつ》で光《ひかり》を出すのを流星《りゅうせい》または流《なが》れ星《ぼし》と言いますが、小さなごみそのものも流星と呼《よ》んでいます。大きな流星になると、昼間《ひるま》でも見え、数十秒《すうびょう》にわたって光《ひか》ります。地球に飛《と》びこんでくる流星は、一日約《やく》百トンもあり、数《かず》にすると、けたの数《かず》が十六も十七もあるような天文学的《てんもんがくてき》な数になります。しかし、ほとんどのものは灰《はい》のようにこまかいもので、一グラムの一万分《ぶん》の一以上《いじょう》のものは十億個《おくこ》くらい、砂粒《さりゅう》より大きいものは、うんと少《すく》なくなって、一日に五百万個《まんこ》くらいです。しかしこんなにたくさんの流星《りゅうせい》が地球《ちきゅう》に飛《と》びこんで来るのは、地球というまとが大きい上に、引力《いんりょく》があるからなんです。月船《げっせん》の場合《ばあい》は、地球にくらべるとまとが小さいので、あたる率《りつ》もずっと少なくなります。月船の断面積《だんめんせき》を九百平方《へいほう》メートルとしますと、地球の断面積にくらべると、百億分《おくぶん》の二・二くらいにしかなりません。引力を考《かんが》えない場合《ばあい》でも、月船に流星があたる割合《わりあい》は、地球の百億分の二・二しかないことになります。この計《けい》算《さん》でいきますと、月船《げっせん》に大きな穴《あな》をあけ、おそろしい結果《けっか》を招《まね》く二・五ミリ以上の流星《りゅうせい》は、一万日《まんにち》に一個《こ》命中《めいちゅう》することになります。一万日といいますと、二十七年間《ねんかん》と百四十五日。これだけぶっとおしで飛《と》んでいても、二十七年と百四十五日目に一回《かい》だけあたる計算《けいさん》になります。

「なんだ、めったに命中《めいちゅう》するものじゃないんですね。」

ススムくんは安心《あんしん》しました。二十世紀《せいき》に地球《ちきゅう》をまわった人工衛星《じんこうえいせい》のスプートニク二号《ごう》は、五ヵ月《げつ》のあいだ、一度《ど》も流《りゅう》星《せい》があたらず、エクスプローラー一号は、一ヵ月のあいだに灰《はい》のような流星が三つあたった報告《ほうこく》があっただけでした。

「これじゃ、東京の交通事故《こうつうじこ》の方《ほう》がよっぽどこわいや。」

「そうとも。しかしだね、もし流星群《りゅうせいぐん》に入《はい》ったらあぶない。」

「流星グンてなあに。軍隊《ぐんたい》なの。」

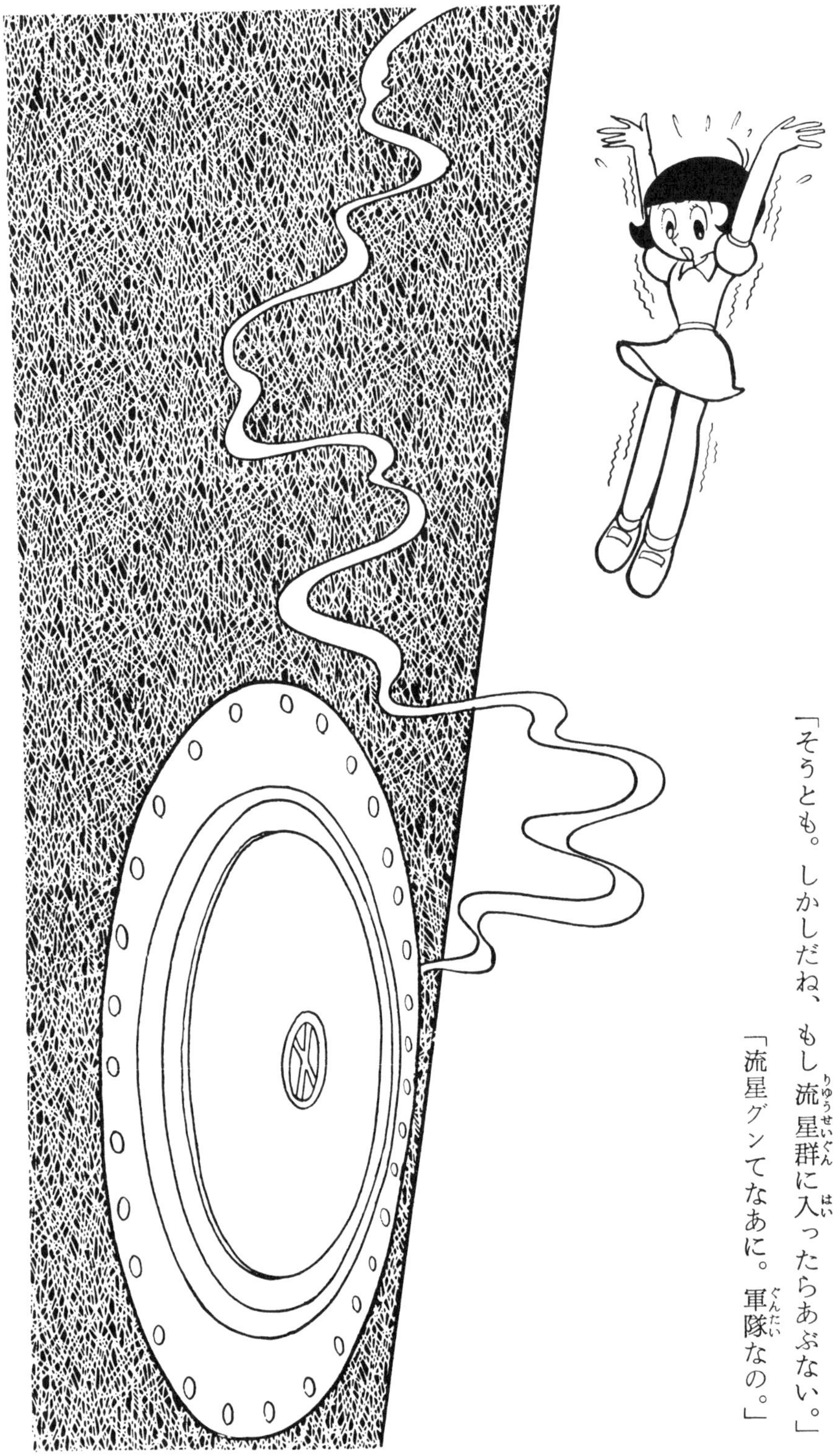

「いや流星《りゅうせい》の群《むれ》というわけだ。流星になる小《ちい》さなごみが、太陽《たいよう》のまわりを、たくさん軌道《きどう》を描《えが》いてまわっているのを流《りゅう》星群《せいぐん》というんだが、たとえばペルセウス座《ざ》流星群、しし座流星群なんてのがある。これは、それぞれペルセウス座《ざ》、しし座、という星座《せいざ》のあたりでよく見《み》られるものなので、こういう名前《なまえ》がついているんだが、これらの流星群のとおる道《みち》はよくわかっているから、そんなときは、月船《げっせん》も宇宙《うちゅう》ステーションも、それをさけるような場所《ばしょ》に避難《ひなん》するのだよ。こわいのは、軌道《きどう》がわかっていない流星群だ。」

　そこへ大野《おおの》さんが入《はい》って来ました。

「おや、流星群《りゅうせいぐん》の講義中《こうぎちゅう》ですね。流星ってやつはね、宇宙空間《くうかん》のグレン隊《たい》なんですよ。突然《とつぜん》ものも言《い》わずになぐりこんで来ますからね。だが、防《ふせ》ぐ方法《ほうほう》もあるんです。ごらんなさい。ここの談話室《だんわしつ》を出たところのとびらがしまっていますよ。」

　ふたりが部屋《へや》を出《で》てみると、なるほどさっきまで寝室《しんしつ》の方に通《つう》じていた通路《つうろ》と、反対《はんたい》の無線室《むせんしつ》に通じていた通路は、ジュラルミンのとびらがきっちりしめられてしまっていました。これは、流星《りゅうせい》の攻撃《こうげき》に見舞《みま》われたとき、外の壁《かべ》から空気《くうき》がもれるのを、狭《せま》い部分《ぶぶん》にくいとめるためのものです。防火《ぼうか》とびらのようなものと思えばいいわけです。

　そのとき、青《あお》い煙《けむり》のようなものが、廊下《ろうか》に流《なが》れて来ました。

「たいへんだ。なにか燃《も》えているんじゃない？　へんな煙があそこに。」

「大丈夫《だいじょうぶ》だ。火事《かじ》でも事故《じこ》でもないのですよ。これはね、もし万一《まんいち》、砂粒《さりゅう》のような流星がステーションに飛《と》びこんで来たら、どうなると思《おも》う？」

「穴《あな》があいて、真空《しんくう》の中にここの空気《くうき》が出てしまうでしょう。」

「そうです。ものすごい勢《いきお》いで空気が吹《ふ》き出《だ》します。だけど、空気は色《いろ》がないから、どこに穴があいたか、ぜんぜんわからないでしょう。」

「そうね。空気に色がついてたら、流《なが》れ出《で》るところがすぐわかるってわけね。」

「ああそうか。それで、青《あお》い煙《けむり》みたいなものが流《なが》れてるわけね。」

このほか、空気《くうき》が抜《ぬ》けたために、部屋《へや》の中の気圧《きあつ》が、ちょっとでも下《さ》がると、すぐ警報機《けいほうき》のベルが鳴《な》るしかけもあります。また、もし流星《りゅうせい》で穴《あな》があけられ、空気がうすくなったときでも、ステーションの中に満《み》たしてある空気は、窒素《ちっそ》のかわりにヘリウムをつかってあるので、人のからだに与《あた》える危険《きけん》は、ずっと少《すく》ないわけです。血液《けつえき》の中に溶《と》けた窒素は、気圧《きあつ》がきゅうに低《ひく》くなると、あわになって、血管《けっかん》から外に出ようとして、毛細血管《もうさいけっかん》（血管の一番端《ばんはし》は、目に見えないほど細《ほそ》い管《くだ》になっていて、やっと血球《けっきゅう》が一列《れつ》になってとおれるくらいの細さです。これを毛細血管と言います。）をふさぐ性《せい》質《しつ》を持《も》っています。深《ふか》いところからきゅうに浮《う》かび上《あ》がった潜水夫《せんすいふ》がかかる潜水病《せんすいびょう》という病気《びょうき》は、このために起《お》こるのです。ところがヘリウムは、窒素《ちっそ》にくらべて五分《ぶん》の一しか血液《けつえき》に溶《と》けないので、こんな危険《きけん》もあまり起こらず、安全《あんぜん》だというわけです。

さて、これで準備《じゅんび》が終《お》わりました。矢《や》でも鉄砲《てっぽう》でも飛《と》んで来いといったところですが、

「ねえ、大野《おおの》さん、いままで一番《ばん》大きな流星《りゅうせい》がぶつかったのはどのくらいの大きさでしたか。」

ススムくんはたずねます。

「そうですね。宇宙《うちゅう》ステーションにはあまり大きなのはぶつかったためしはないんだが、地球《ちきゅう》には八十トンもある流星が落《お》ちたことがある。」

「八十トンも、へえ。どこへ落ちたの。」

「シベリアの奥《おく》さ。」

と、天馬《てんま》博士《はかせ》がこともなげに言《い》いました。

「そのために、ずいぶん広《ひろ》い範囲《はんい》の森《もり》があっという間《ま》に焼《や》けてしまったんだ。まあしかし、こんな大きなやつは、それこそごくまれにしか落《お》ちて来ないから心配《しんぱい》することはなかろうが、とにかく運《うん》を天《てん》にまかせることにしようじゃないか。」

「グレン隊《たい》なんて、いつになったってあるもんですね。これは星《ほし》のグレン隊だけれども……」

7　あぶない！　穴《あな》が！

そのころ談話室《だんわしつ》の反対《はんたい》がわにある指令室《しれいしつ》には、村山《むらやま》さんたちが、特殊《とくしゅ》な構造《こうぞう》のテレ・レーダーで流星《りゅうせい》の監視《かんし》をつづけていました。アメリカの流星観測用人工衛星《りゅうせいかんそくようじんこうえいせい》からの流星情報《じょうほう》を受《う》け取《と》りながら、これを、ステーションの近《ちか》くにある五台《だい》の月船《げっせん》に伝《つた》える仕事《しごと》もしていたのです。

出発《しゅっぱつ》まであと二日です。もし流星で大きな被害《ひがい》を受けたら、それこそ時間《じかん》が……。

「流星発見《りゅうせいはっけん》。流星発見。」

突然《とつぜん》、観測員《かんそくいん》がさけびました。

「方向《ほうこう》四十八度《ど》。方向四十八度。」

報告《ほうこく》の声が不気味《ぶきみ》に流《なが》れます。レーダーの右《みぎ》がわに、チラチラ白い雲《くも》のようなものが見《み》えて来ました。大きな流星群《りゅうせいぐん》です。

「やって来たぞ。」

村山《むらやま》さんが、いつにない緊張《きんちょう》した顔《かお》でさけびます。地上《ちじょう》なら、ゴォーという焼夷弾《しょういだん》が落《お》ちるような音《おと》でも聞《き》こえるのでしょうが、音もなにもない宇宙空間《うちゅうくうかん》ですから、一そう不気味《ぶきみ》です。

「流星が来《き》たって。おにいちゃま、こわい。」

マユミちゃんがススムくんにギュッとだきついたとたん、あっという間《ま》に、ステーションの付近《ふきん》を流星群《りゅうせいぐん》がとおり抜《ぬ》けました。そのとたん、ダブッとステーションは大《おお》きなショックを受《う》けました。

「リリリリン。リリリリン。」

警報機《けいほうき》のベルが鳴《な》りつづけます。

「あら、青《あお》い煙《けむり》が……」

マユミちゃんがびっくりした声《こえ》をあげました。村山《むらやま》さんが立《た》っていた足《あし》もとの近《ちか》くに、青い煙が流《なが》れこんで来たのです。

「どこかに流星《りゅうせい》があたったな。衝突《しょうとつ》だ。」

ススムくんがさけぶと、村山さんは少《すこ》しもあわてずに、

「ああ、このくらいなら大《たい》したことはない。マッチ棒《ぼう》の先《さき》くらいの小さい流星塵《りゅうせいじん》さ。」

村山《むらやま》さんは、右手《みぎて》に高分子《こうぶんし》ゴム発射銃《はっしゃじゅう》を持《も》って、その場所《ばしょ》に向《む》かって引《ひ》き金《がね》を引きました。

「プシュッ。」

アメ色《いろ》をしたゴムが、たちまち小《ちい》さな穴《あな》をふさいでしまいました。

「ふうん、もうなおったの。」

ススムくんは、あっけにとられた形《かたち》です。

「流星警報解除《りゅうせいけいほうかいじょ》。流星警報解除。」

マイクが呼《よ》びかけます。すると、通路《つうろ》をふさいでいたジュラルミンのとびらが音《おと》もなくあけられ、スピーカーからは、ベルリンの放送局《ほうそうきょく》から中継《ちゅうけい》されていたシューマンのピアノ・ソナタのメロディが静《しず》かに流れ出しました。これで、みんなの気分《きぶん》がやっと落《お》ち着《つ》きました。月船《げっせん》にも、どうやら異常《いじょう》がなかったようすです。

「あわてたら、かえって損《そん》ですね。村山さんが落ち着いていたわけがわかりましたよ。あんなことがたびたびあったら、神経《しんけい》がまいっちゃいますね。」

びくっ
しゅっ
ぺた
解除！

ススムくんが、やれやれといった顔《かお》でソファに腰《こし》をおろしました。

8 マユミのお祈《いの》り

いよいよあしたは月《つき》へ向《む》かって出発《しゅっぱつ》です。その前《まえ》の晩《ばん》(晩といっても、地球時間《ちきゅうじかん》の晩にあたるときです。)ふたりは天馬博士《てんまはかせ》にたのんで、エイちゃんとミッちゃんに電話《でんわ》でお別《わか》れのあいさつをしました。宇宙《うちゅう》ステーションと富士山麓《ふじさんろく》にある基地《きち》とを無線電話《むせんでんわ》でつなぐという方法《ほうほう》です。宇宙ステーションから宇宙電信電話公社《うちゅうでんしんでんわこうしゃ》(略《りゃく》して宇宙電電《うちゅうでんでん》と言います。)を呼《よ》び出《だ》すと、すぐエイちゃんの声《こえ》が飛《と》びこんで来ました。

「もしもし、エイちゃんですか。ススムです。いまそっちは夜《よる》でしょう。きみ、ねていたんじゃないの?」

「ううん。きょうあたり、きみたちが月船《げっせん》で飛《と》び出すということを聞《き》いていたもんだから、望遠鏡《ぼうえんきょう》で空《そら》を見《み》ていたところなんだ。」

「そうだったのか。ぼくたちが見える?」

「まだ見つからないよ。なにしろ小さい宇宙ステーションだからね。ところで、そっちの生活《せいかつ》はなれたかい。」

「うん、すっかりなれちゃった。ぼくたち、いよいよあしたは出発《しゅっぱつ》だよ。きょうはね、流星《りゅうせい》とぶつかりそうになったんで、こわかった。あと一ヵ月《げつ》くらいでそっちへ帰《かえ》れると思《おも》うよ。じゃあ、さようなら。」

今度《こんど》は、電話口《でんわぐち》にマユミちゃんがかわりました。

「もしもし、わたしマユミよ。毎日《まいにち》、変《か》わったことばかりつづくので、地球に帰りたいなんて気持《きもち》起《お》こらなくなっちゃったわ。ほんとはちょっとさびしいけど、おにいちゃまにわらわれるから、だまっているの。」

「マユミちゃん、きみのことは学校《がっこう》でとても評判《ひょうばん》なんだよ。ぼくの友《とも》だちが、みんな、二十世紀《せいき》から来《き》たきみにあいたがっているんだ。帰《かえ》って来たら、きっと学校へ来《き》てくれたまえ。そしておみやげ話《ばなし》を聞《き》かせてね。」

「そうね。お月《つき》さまから石《いし》でもおみやげに拾《ひろ》って来《く》るわね。なかなか手に入らないおみやげでしょう。ああ、もう時間《じかん》がないから、これでさようなら。おやすみなさい。」

地球《ちきゅう》のきまった都市《とし》との通信《つうしん》は三時間《じかん》ごとにしかできません。これはステーションが地球をまわり、あとの三時間は裏《うら》がわに行《い》ってしまうからなんです。

「ビー、ビー。」

ブザーが鳴《な》ります。いよいよ出発準備《しゅっぱつじゅんび》です。ロケット・ボートに天馬博士《てんまはかせ》と乗《の》りこんだふたりは、出発の三時間前《まえ》に月船《げっせん》に移《うつ》り、居住室《きょじゅうしつ》のベッドにバンドでからだをしばりつけて横《よこ》になりました。三時間前というとずいぶん長《なが》いようですが、興奮《こうふん》しているので、あっという間《ま》にたってしまいます。

「おにいちゃま、また地球《ちきゅう》を飛《と》び出《だ》したときみたいな苦《くる》しいことが起《お》きるのかしら。ギュウギュウ押《おさ》えつけられるような、あれ、いやあね。」

「今度《こんど》は大丈夫《だいじょうぶ》だよ。」

ススムくんははげましました。

「地球をロケットで飛び出すときよりはずっとらくさ。なにしろ引力《いんりょく》が少《すく》ないからね。ちょっとうしろに押えつけられるように感《かん》じるだけさ。博士《はかせ》、月まではどのくらいかかるんですか。」

「そうだな。二日《ふつか》と十四時間《じかん》くらいだな。」

ススムくんとマユミちゃんは、天馬博士《てんまはかせ》の二日と十四時間ということばをかみしめました。あと二日とちょっとで月世界《げっせかい》に立《た》てるのだと思《おも》うと、うれしいようなこわいような、みょうな気持《きもち》です。小さいときに歌《うた》った「十五夜《じゅうごや》お月《つき》さん」などという歌《うた》が、ふと頭《あたま》に浮《う》かんできて、マユミちゃんはひっそりとひとりで歌ってみました。

「十五夜《じゅうごや》お月《つき》さん、ごきげんさん、
ばあやはおいとまとりました。
十五夜お月さん、妹《いもうと》は、
いなかにもらわれて行きました。
十五夜お月さん、かあさんに、
も一度《ど》わたしはあいたいな。」

「マユミ、かんねんしたね。」

ススムくんは、マユミちゃんの顔《かお》をのぞきこんで言《い》いました。

「なにを考《かんが》えているんだい。」

「歌《うた》を心《こころ》の中《なか》で歌っていたのよ。」

「ふうん。月《つき》なんて、むかしからずいぶん歌《うた》や童話《どうわ》に作《つく》られてきたもんだね。月にウサギがいるなんて伝説《でんせつ》もあるしね。それに、カニがいるとか、大《おお》きな帽子《ぼうし》をかぶった女の人がすわっているとか、月にカラスがいるとか、月男《つきおとこ》がいるとか、いろんな国《くに》でいろんなふうに言われてきてるんだ。だけど、月に平気《へいき》で行《い》けるようになってしまったら、そんな童話や伝説なんかばかばかしくって、すっかり消《き》えちゃうだろうな。」

すると、天馬博士《てんまはかせ》が口を出《だ》しました。

「いやいや、そうではない。童話《どうわ》や空想《くうそう》の世界《せかい》はいつの時代《じだい》にもあるものだ。二十一世紀《せいき》にだって、かぐや姫《ひめ》の話《はなし》は、やっぱり子どもたちはだれでも知《し》っているし、日本の有名《ゆうめい》なおとぎ話《ばなし》としてよその国《くに》にも紹介《しょうかい》されている。人間《にんげん》の夢《ゆめ》なんて、どんなに科学《かがく》が発達《はったつ》しても、やっぱり永久《えいきゅう》に残《のこ》るものなんだよ。」

時計《とけい》は十時二十八分。あと二分《ふん》で出発《しゅっぱつ》です。拡声機《かくせいき》が秒読《びょうよ》みをはじめました。地球《ちきゅう》の基地《きち》と同じ感《かん》じです。ススムくんは、心臓《しんぞう》の音《おと》が聞《き》こえるような気持《きもち》です。

ドックドック、ドック……

マユミちゃんは、顔《かお》をぽっと赤《あか》らめて、両手《りょうて》を胸《むね》にあてて眠《ねむ》ったように目《め》をとじていました。

「三十秒前《びょうまえ》、二十秒前……。五秒、四秒、三秒、二秒、一秒、ゼロ、出発《しゅっぱつ》。」

ゴゴゴゴ……

ロケットの噴射《ふんしゃ》するひびき。ブルン、ブルブルふるえる部屋《へや》の中。からだがベッドの下《した》の方《ほう》に強《つよ》く押《お》されます。ススムくんは下腹《したばら》にうんと力《ちから》を入《い》れました。

十時三十分、五台《だい》の月船《げっせん》は同時《どうじ》に月に向《む》かって出発したのです。マユミちゃんは、思《おも》わず小声《こごえ》で、

「ママ、ママ。」

と、さけびつづけました。しかし、その声《こえ》も、だれにも聞《き》こえません。

第《だい》5章《しよう》

灰色《はいいろ》の世界《せかい》への冒険《ぼうけん》

1　月《つき》に向《む》かって

ピタリ。ガスの噴出音《ふんしゅつおん》はいつの間《ま》にかやみました。

「終《お》わったよ、ふたりとも。」

「終わったの？」

「うん。もう苦《くる》しくない。」

「よかったわね、おにいちゃま。」

「さてと、うまく月に行く軌道《きどう》に乗《の》ったかな。わしはちょっと見てくる。」

天馬博士《てんまはかせ》はベッドのバンドをといて、ゆっくり階段《かいだん》を上《あ》がって行きました。

三十個《こ》のエンジンが一秒間《びょうかん》に一トン近《ちか》くの燃料《ねんりょう》をつかって、四百トンの月船《げっせん》を、毎秒《まいびょう》六・四五キロの速《はや》さに押《お》し出《だ》したのです。

ススムくんが気《き》がつくと、居住室《きょじゅうしつ》のまん中にある電光掲示板《でんこうけいじばん》に出《で》ていた赤ランプが消《き》えて、ミドリのランプがともっていました。これは、加速《かそく》を終《お》わり、自由《じゆう》にあるいてもよろしいという合図《あいず》なのです。

エンジンがとまっても、月船《げっせん》はそのまま同じスピードで、空気《くうき》の抵抗《ていこう》のない宇宙空間《うちゅうくうかん》を飛《と》びつづけています。

「ちょっと来《き》てごらん、マユミ。早《はや》く早く。」

特殊《とくしゅ》ガラスで作《つく》ったのぞき窓《まど》から外《そと》をのぞいたススムくんが、おお声《ごえ》でさけびました。

「なにが見《み》えるの。地球《ちきゅう》？」

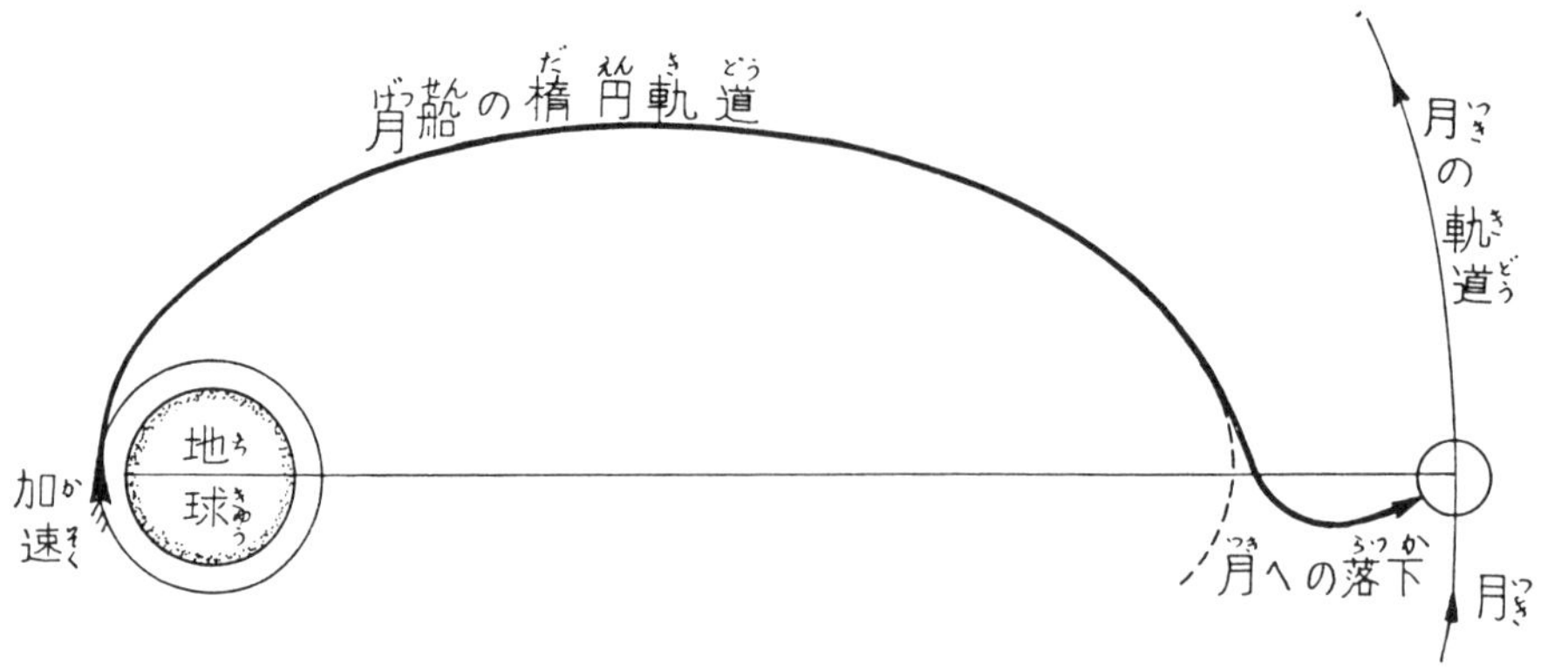

「違《ちが》うよ。地球《ちきゅう》じゃないよ。早《はや》くごらんよ。」

ああ、すばらしいながめです。同時《どうじ》に出発《しゅっぱつ》した月船《げっせん》が、一つ、二つ、三つ、まっ暗《くら》な空《そら》にぽっかり浮《う》かんでいて、まるで動《うご》いていないようなのです。一番近《ばんちか》い月船までの距離《きょり》は千メートルくらいあるでしょうか。そのむこうがわの月船なんか、豆粒《まめつぶ》くらいの大《おお》きさに見《み》えます。全部《ぜんぶ》で五台《だい》あるはずなんですが、この窓《まど》からは三台しか見えません。一番近くの月船《げっせん》のエンジンからは、まだ白《しろ》い煙《けむり》が糸《いと》のように引《ひ》いています。なんとも神秘的《しんぴてき》な美《うつく》しいながめです。

「おにいちゃま、月《つき》があんなところにあるわよ。ほら。」

「あれ、地球《ちきゅう》から見るのとほとんど同《おな》じ大《おお》きさだね。」

「それよりも、おかしいわね。わたしたち、月に向《む》かって飛《と》んでいるんでしょう。でも、月はまるきり反対《はんたい》がわにあるじゃない？　おかしいと思《おも》わない？」

「なあんだ、マユミ、そんなことがわからないのかい。」

「わからないわ。」

「月だって、いつまでもとまっているもんじゃないさ。だから、月船《げっせん》は、動《うご》いている電車《でんしゃ》に飛《と》び乗《の》るみたいなもんだよ。動いている月にちょうどうまく飛び乗れるような方向《ほうこう》に月船が走《はし》っているのさ。」

「ふーん、そうかしら。でも、なんだか心配《しんぱい》ね。乗りおくれてこぼれたりしたら、わたしたち、どこへ飛んで行ってしまうの？」

「ばかだなあ。そんなこと心配するやつがあるか。電子計算機《でんしけいさんき》がちゃんと軌道《きどう》を計算《けいさん》してくれてるんだ。」

月が地球《ちきゅう》をまわるスピードは、一時間《じかん》に約《やく》三千七百キロ、つまり音《おと》の速《はや》さの三倍《ばい》です。一九六〇年ごろの一番速《ばんはや》いジェット戦闘機《せんとうき》がこのくらいのスピードでした。そうすると、二日《ふつか》と十四時間《じかん》のあいだには、月は四十一万七千六百キロ進《すす》むことになります。鉄砲《てっぽう》で飛《と》んでいる鳥《とり》を射《う》つとき、鳥の飛んで行く少《すこ》し先《さき》をねらって引《ひ》き金《がね》を引かなくてはなりません。これと同じりくつです。つまり、二日と十四時間たつと、月は月船《げっせん》のぴったり目《め》の前《まえ》に来《く》るわけですね。

ふたりは、航行甲板《こうこうかんぱん》に通《つう》じる階段《かいだん》を上《あ》がって行きました。注意《ちゅうい》しないと、からだが浮《う》き出《だ》して、フラフラします。天《てん》馬《ま》博士《はかせ》は、中村船長《なかむらせんちょう》や幹部《かんぶ》の人と甲板《かんぱん》にいて、ふたりを待《ま》っていました。

2　タンクにお別《わか》れ

「ススムくん、お茶《ちゃ》でもどうだね。」

博士《はかせ》はビニールの袋《ふくろ》に入った、例《れい》のオシャブリのような紅茶《こうちゃ》を出してくれました。出発《しゅっぱつ》のあとの緊張《きんちょう》がとけてほっとしたので、とてもお茶がおいしく感《かん》じました。

「ススムくん、いまステーションの大野《おおの》さんたちに、電話《でんわ》で、みんな元気《げんき》だと話《はな》しておいた。マユミちゃんが、出発のとき、両手《りょうて》を合《あ》わせてお祈《いの》りしたのがよかったんだね。」

「うそ、そんなこと、わたししてないわ。」

「無意識《むいしき》にやったのさ。」

「なににお祈りしたのかね。神様《かみさま》かい、仏様《ほとけさま》かい。」

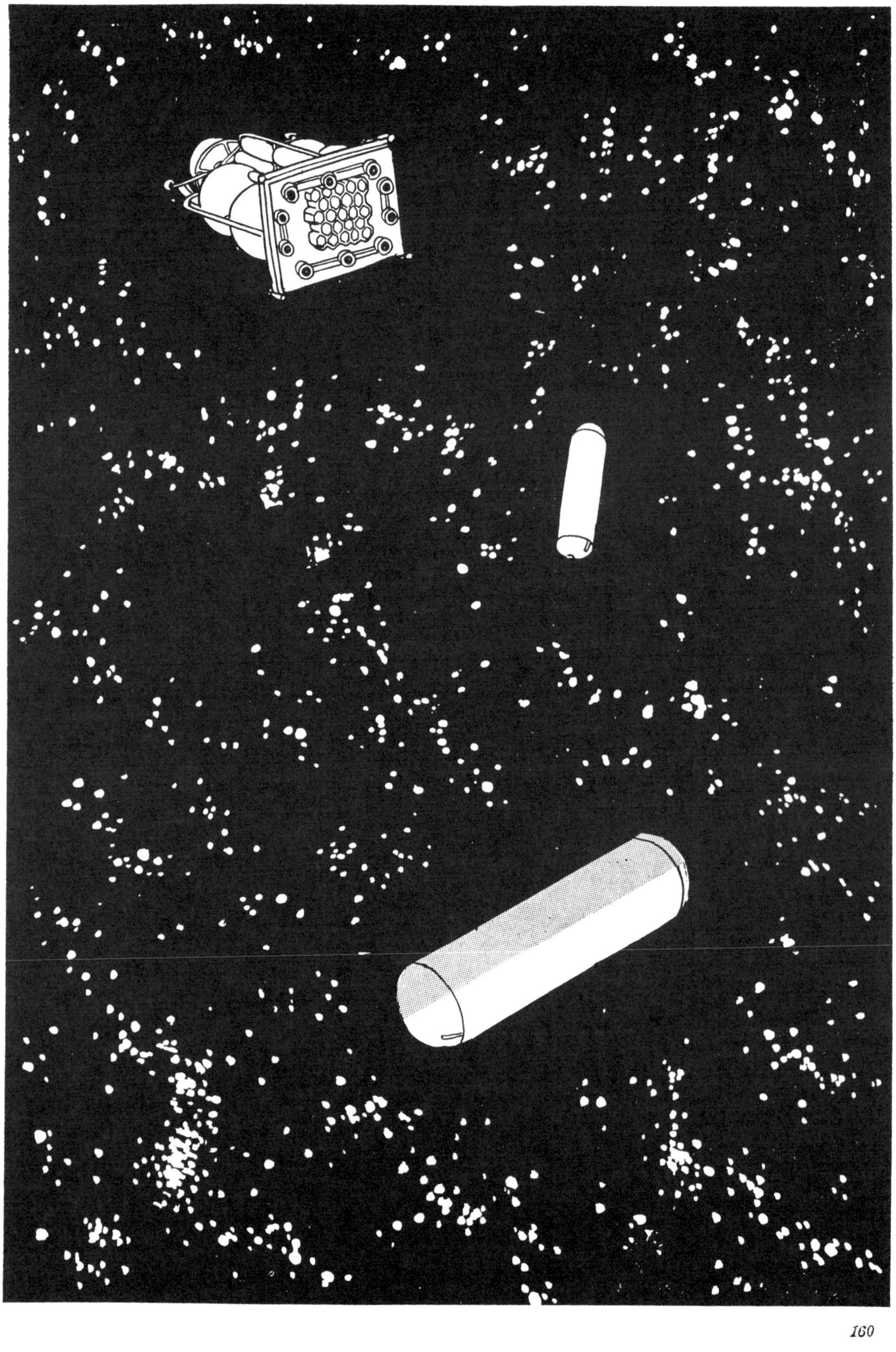

ススムくんがからかいました。

「ワハハハ。ところできみたちはお客様《きゃくさま》だから、月へ着《つ》くまで、ぶらぶら遊《あそ》んでいてよろしい。当番《とうばん》もないし、いろんなゲームがあるから、すきなことをして遊んでいなさい。ところでほかの全員《ぜんいん》は四時間《じかん》おきに勤務《きんむ》だ。零時《れいじ》から四時、四時から八時、八時から十二時の三組《くみ》にわかれて、午前《ごぜん》と午後《ごご》一回《かい》ずつ勤務につく、いいかね。」

この勤務《きんむ》というのは、星《ほし》の観測《かんそく》とステーションとの通信《つうしん》がおもなものです。月船同士《げっせんどうし》は三十分《ぷん》おきに連絡《れんらく》します。しかし事故《じこ》が起《お》こったときの緊急通信《きんきゅうつうしん》はべつです。

「マユミちゃん、あれを見《み》てごらん。いま月船が、からになった燃料《ねんりょう》タンクを切《き》りはなすところだ。ほら、あの大《おお》きなまるいタンクを二つ捨《す》てるのだよ。」

「切りはなすと、あっという間《ま》に落《お》っこちてしまうんでしょうね。」

こうススムくんが言《い》い出《だ》して、

「あっ、しまった。」

と思《おも》いました。

「ああそうか。引力《いんりょく》がないから……」

「ないからどうなると思う?」

「そのまま、フワフワ永久《えいきゅう》に宇宙《うちゅう》をただよっているんでしょうね。」

「そうだ。あるいは流星《りゅうせい》として地球《ちきゅう》へ落ちて行くかもわからないよ。」

そう言《い》っているうちに、燃料《ねんりょう》タンクは静《しず》かに月船からはなれて行きました。でも、親子《おやこ》のようにならんだまま進《すす》んでいます。

「あれは慣性《かんせい》の力《ちから》だ。切《き》りはなすときにちょっと力を加《くわ》えられるけれど、しばらくは一しょに進んで、目《め》に見《み》えるところをついて来るのだよ。」

「そうすると月船《げっせん》を親《おや》としたら、燃料《ねんりょう》タンクは子どもみたいね。」

「そのとおりだ。だから、だんだん遠《とお》くなって行くと、なんだかタンクがかわいそうでかわいそうでね。別《わか》れるのがとってもつらいときがある。」

と、中村船長《なかむらせんちょう》はしんみり言《い》いました。

3　ちょっとした故障《こしょう》

乗組員《のりくみいん》たちは、上着《うわぎ》をぬいでくつろぎました。ふたりも地球《ちきゅう》からのカラーテレビをひねって、西部劇《せいぶげき》を見《み》はじめました。ことし大学《だいがく》を出《で》たばかりの近藤技師《こんどうぎし》は、たばこのピースくらいの大《おお》きさのテープレコーダーをベッドへ持《も》ちこんで、エスペラント語《ご》をさかんに練習《れんしゅう》しています。エスペラント語は、月世界《げっせかい》での共通語《きょうつうご》なのです。このことばさえおぼえていれば、どんな国《くに》の隊員《たいいん》たちとも話《はなし》ができます。

それはそうと、いろんな機械《きかい》がうんと小《ちい》さくなっていることはびっくりするほどでした。二十世紀《せいき》には、小さい部屋《へや》ないっぱいになるほどだった電子計算機《でんしけいさんき》も、ここでは小型《こがた》トランクに入るほどの大きさです。スズの板《いた》の上に一酸化硅素《いっさんかけいそ》をはさんで、鉛《なまり》の線《せん》を配置《はいち》したうすい膜状《まくじょう》のクライオトロンがりっぱに実用化《じつようか》され、超小型《ちょうこがた》の電子計算機が国産《こくさん》でできるようになっているのでした。

電子計算機《でんしけいさんき》が発達《はったつ》したために、近藤技師《こんどうぎし》がわざわざエスペラント語を勉強《べんきょう》しなくても、電子翻訳機《でんしほんやくき》を使《つか》えば、日本語《にほんご》はすぐに英語《えいご》やフランス語やロシア語にかわるのですが、まだ電子翻訳機はだれでも持ってあるけるほどにはなっていません。

「あっ、そうだわ。忘《わす》れてたわ。わたし学校《がっこう》の宿題《しゅくだい》をしなけりゃならないの。」

と、マユミちゃんが出《だ》しぬけに大《おお》きな声《こえ》をあげました。ススムくんはあきれたようにマユミちゃんを見《み》て、

「ばかだなあ。こんなところで宿題のことなんか思《おも》い出すやつがあるかい。」

「だって、おにいちゃまは宿題《しゅくだい》ないの？」

「そりゃ、あるけどさ。ぼくはもっといいことを考《かんが》えてるんだ。帰《かえ》るときにな、こっそり宿題を電子《でんし》計算機《けいさんき》にやってもらうことにしてるんだ。」

「だめだよ、きみたち。勉強《べんきょう》をばかにしてはいけないよ。」

天馬《てんま》博士《はかせ》がたしなめました。

「基礎《きそ》の勉強はたいせつなんだ。読《よ》んだり、書《か》いたり、計算《けいさん》したりする力《ちから》は、二十一世紀《せいき》になっても、ますます必要《ひつよう》だ。だから、ひまがあったら、勉強なさい。電子《でんし》計算機《けいさんき》なんかにたよってはいかんよ。」

たしかにそのとおりです。いくら科学《かがく》が発達《はったつ》しても、小中学のころの勉《べん》強《きょう》は、ちょうど建物《たてもの》の土台《どだい》のようなもので、土台《どだい》がしっかりしていないと、どんな建物でもくずれてしまいます。ふたりはまっかになって、だまってしまいました。そこへ中村船長《なかむらせんちょう》が入《はい》って来ました。

「井上君《いのうえくん》、古谷《ふるや》君、ちょっと来《き》てくれたまえ。」

「なんですか、船長《せんちょう》。」

「どうもおかしい。太陽炉《たいようろ》発電《はつでん》の発電機《はつでんき》のパイプの調子《ちょうし》がへんなのだ。ときどき電圧《でんあつ》が下《さ》がってしまう。」

「そうすると、宇宙《うちゅう》ステーションとの連絡《れんらく》もできなくなるのですか。」

「うん、通信士《つうしんし》からそういう報告《ほうこく》が来《き》ている。」

「困《こま》りましたね。」

井上《いのうえ》さんと古谷《ふるや》さんは、いそいで船長と一《いっ》しょに外へ出て行きました。

「ステーションとの連絡《れんらく》がとれなくなったらどうするのかしら。帰《かえ》れなくなるわ。」

すると、天馬《てんま》博士《はかせ》が、

「なあに、故障《こしょう》の原因《げんいん》さえわかれば、外へ出てなおすさ。ほら、このあいだ、燃料《ねんりょう》タンクを切《き》りはなすときに見《み》たろう。あの調子《ちょうし》で、人間《にんげん》が外へ出ても同《おな》じスピードで進《すす》むから大丈夫《だいじょうぶ》だ。ほら、ひとり出《で》て来《き》たぞ。」

窓《まど》の外《そと》をのぞくと、まるでサーカスのかるわざのように、月船《げっせん》のまるい乗員球《じょういんきゅう》の上につかまりながら、宇宙服《うちゅうふく》を着《き》た人《ひと》が、泳《およ》ぐような格好《かっこう》で修理《しゅうり》にかかっています。ねじれたパイプをなおしているようです。

「博士《はかせ》、あのパイプが太陽炉《たいようろ》なんですか。」

「そう太陽炉《たいようろ》の一部《ぶ》でね。二十世紀《せいき》でもじっさいにつかわれていたけれど、すごく高い温度《おんど》が出せるものなんだよ。凹面《おうめん》鏡《きょう》とか抛物線《ほうぶつせん》の形《かたち》にみがいたみぞのような鏡《かがみ》を、太陽《たいよう》の方に向《む》けてやると、日光《にっこう》が鏡に反射《はんしゃ》して焦点《しょうてん》に集《あつ》まる。そこに強《つよ》い金属《きんぞく》で作《つく》ったパイプを置《お》いて、その中に水銀《すいぎん》を流《なが》す。そうすると、水銀が焦点《しょうてん》の熱《ねつ》でうんとあつくなる。このあつくなった水銀を、パイプで月船内《げっせんない》のボイラー室《しつ》におくって、水蒸気《すいじょうき》でタービンをまわして発電《はつでん》するというわけだ。そのパイプがあれなんだよ。」

そう説明《せつめい》しているうちに、宇宙服《うちゅうふく》を着《き》た人は、ロケット・エンジンの調子《ちょうし》を見はじめました。ロケット・エンジンは、いまはとまっていますが、月《つき》に着陸《ちゃくりく》するときに、重要《じゅうよう》な役割《やくわり》を果《は》たすからです。

4 着陸準備《ちゃくりくじゅんび》

出発《しゅっぱつ》してから、まる一日《にち》すぎました。

「おにいちゃま、ほら、お月《つき》さまがあんなに大《おお》きくなってきたわ。」

「表面《ひょうめん》のでこぼこもわかるようになってきたね。」

そう言えば、月の大《おお》きさがちょうど地球《ちきゅう》から見た二倍《ばい》くらいになっています。

「ところで、きみたちは気《き》がつかなかったかい。この月船《げっせん》のスピードは、だいぶおそくなっているんだよ。そうだ。いまは音速《おんそく》くらいかな。」

博士《はかせ》が言《い》いました。

「いままでは、地球《ちきゅう》の引力《いんりょく》にさからって進《すす》んでいたので、次第《しだい》にスピードも落《お》ちてきたけれど、いま、月の引力圏《いんりょくけん》に入《はい》ったものだから、今度《こんど》は月の引力に引《ひ》かれて、スピードを増《ま》してくるのだよ。つまり、月に向《む》かって落《お》ちはじめたというわけだ。」

「ついらくなんですか。あぶないな。」

「うん、このままほうっておくと、月《つき》にぶつかってしまうよ。だがね、安全《あんぜん》に月船《げっせん》を操作《そうさ》するから、心配《しんぱい》はないよ。マユミちゃん、紙《かみ》と鉛筆《えんぴつ》をおくれ。」

博士《はかせ》は、図《ず》を書《か》いて説明《せつめい》してくれました。

「地《ち》球《きゅう》から月《つき》までの距離《きょり》は、三十八万四千四百キロメートルある。その十分の八・五の地点《ちてん》、正確《せいかく》にいうと、月からの距離が五万《まん》八千キロのところを中立点《ちゅうりつてん》と言うのだよ。この点《てん》では、ちょうど地球と月の引力が消し合《あ》って、地球から見《み》ると、月船《げっせん》は、いつも月との関係《かんけい》を変《か》えないで公転《こうてん》するようになる。さて、中立点をすぎて月の引力圏《いんりょくけん》に入ると、月船の速《はや》さは毎秒《まいびょう》一・五キロだが……」

「そろそろ着陸《ちゃくりく》の準備《じゅんび》がはじまるよ。あと四・一時間《じかん》で着陸だ。」

「ほう、もうそんな時間《じかん》になりましたか。こうしちゃいられないや。」

ふたりは、じゃまにならないように、ベッドに戻《もど》りました。

ブザーが鳴《な》りひびきます。船長室《せんちょうしつ》では、きっと、速度計《そくどけい》や高度計《こうどけい》とにらめっこしているでしょう。

「全員非常配置《ぜんいんひじょうはいち》。全員非常配置。」

「着陸準備《ちゃくりくじゅんび》体制終《たいせいお》わり。」

近藤技師《こんどうぎし》が報告《ほうこく》しました。

「よろしい。テレビ・ホライズン（テレビで幾何学的《きかがくてき》に月の表面《ひょうめん》を求《もと》める水準器《すいじゅんき》。）の報告《ほうこく》はOKです。船長。」

「ロケット・エンジン、噴射用意《ふんしゃようい》。」

「OK。」

「ロケット・エンジン噴射用意完了《かんりょう》。」

「噴射《ふんしゃ》。」

船長《せんちょう》がさけびました。

月船《げっせん》の胴体《どうたい》についているロケット・エンジンが横《よこ》に噴射《ふんしゃ》をはじめました。月船《げっせん》は、静《しず》かに静かに回転《かいてん》をはじめます。

「ドドドドド。」

はげしくガスの吹《ふ》き出《で》る音《おと》。

「ただいま九十度回転《どかいてん》。」

「九十度回転完了《かんりょう》。」

「さらに回転継続《けいぞく》せよ。」

中村船長《なかむらせんちょう》は、テレビ・ホライズンをのぞいたきりです。

「百八十度回転完了《どかいてんかんりょう》。」

「OK。ロケット・エンジン噴射停止《ふんしゃていし》。」

「はい、エンジン噴射停止いたします。」

音《おと》がぱったりとまりました。マユミちゃんは汗《あせ》をじっとりにじませています。

「わあ、なんだかからだが押《お》し上《あ》げられるみたいだったわ。」

「うん、なんだかちょっとからだがへんだね。いままで無重力状態《むじゅうりょくじょうたい》のところにいたからかな。どうも勝手《かって》が違《ちが》う。」

ススムくんも、ほっとしたような顔《かお》つきです。

「落下速度《らっかそくど》、秒速《びょうそく》二・二キロ。現在高度《げんざいこうど》二百七十三。」

「OK。ロケット・エンジン噴射用意《ふんしゃようい》。」

「ドドドドド。」

またもや月船《げっせん》のおしりから青白《あおじろ》いほのおが吹《ふ》き出《だ》しました。これがブレーキの役目《やくめ》で、月へ落《お》ちて行くスピードをセーブしてくれます。

居住室《きょじゅうしつ》のテレビには、予定着陸地《よていちゃくりくち》のクラビウス火山基地《かざんきち》がうつし出《だ》されていました。月の南極近《なんきょくちか》くにあるクラビウス火山《かざん》の火口壁《かこうへき》の直径《ちょっけい》は二百三十二キロ、これは関東平野《かんとうへいや》ほどの広《ひろ》さがあり、日本の基地《きち》は、この火口の中に建設《けんせつ》されているのでした。

「ピピー、ピピー、ピピー。」

日本の基地から、誘導電波《ゆうどうでんぱ》が出《で》ています。着陸《ちゃくりく》の安全《あんぜん》をはかるためです。

あと四分《ぶん》ほどで月《つき》に着陸です。月船《げっせん》は、折《お》りたたんだ四本《ほん》の長《なが》い脚《あし》をぐっと伸《の》ばし、ゆっくりゆっくり月に着陸しはじめました。脚はおのおの十五メートルもあって、巨大《きょだい》なビルのような月船を、ぐっとささえるためのものです。

5 月《つき》にかんする十一章《しょう》

ここらでみなさんのために、月のおおよその知識《ちしき》を書《か》いてみましょう。

一、地球《ちきゅう》から月《つき》までの距離《きょり》
　平均《へいきん》　三十八万四千四百キロメートル
　最大《さいだい》　四十万五千五百キロメートル
　最小《さいしょう》　三十六万三千三百キロメートル
二、月の直径《ちょっけい》　三千四百七十六キロメートル
三、重《おも》さ　地球の八十一分《ぶん》の一。ずいぶん軽《かる》いのです。

四、平均密度《へいきんみつど》　地球《ちきゅう》の五分《ぶん》の三。これは地球と違《ちが》って、月を作《つく》っている物質《ぶっしつ》がほとんど岩《いわ》ばかりだということなのです。

五、表面《ひょうめん》の重力《じゅうりょく》　地球の六分の一。これは、物《もの》を下にひっぱる力《ちから》が六分の一ということですから、地球上《ちきゅうじょう》で十キログラムの物《もの》を持《も》ちあげるのと同じ力で、月では六十キログラムの物を持ちあげることができることになります。

月齢《げつれい》十六日　東京科学博物館《とうきょうかがくはくぶつかん》の八インチ（約《やく》二十センチ）望遠鏡《ぼうえんきょう》で撮影《さつえい》したもの。

六、温度《おんど》

最高《さいこう》　百二十度《ど》

最低《さいてい》　マイナス七十度

七、月《つき》の海《うみ》　これはほんとうの海ではなく、平野《へいや》と言った方《ほう》があっています。月の半分《はんぶん》はこの海で、ことに北《きた》半球《はんきゅう》におおく、地球から見《み》えるがわで、十五か所ほど知《し》られています。

八、噴火口《ふんかこう》　地球《ちきゅう》から見えるものの数《かず》は三万以上《まんいじょう》。形《かたち》によって環状山《かんじょうざん》、噴火口《ふんかこう》の二つに分《わ》けられています。

九、放射線《ほうしゃせん》　月《つき》の平面《へいめん》に見えるかがやいたすじのことで、はばは十五キロメートル、長《なが》さは二千五百キロメートル以上。

十、小川《おがわ》　細長《ほそなが》いへこんだところで、はば三キロメートル以下《いか》。短《みじか》いもので十五キロメートル、長いものだと五百キロメートル以上《いじょう》の長さもあります。

十一、二十世紀《せいき》の中《なか》ごろまで、学者《がくしゃ》の中には、月《つき》の平面《へいめん》には火山灰《かざんばい》や宇宙《うちゅう》から降《ふ》って来たチリがつもって、数《すう》十メートルから数百《すうひゃく》メートルの深《ふか》さまでフワフワであると言う人もいましたが、じっさいはチリの厚《あつ》さはせいぜい二、三ミリくらいでしかないことがわかりました。だから、着陸《ちゃくりく》のとき、月《げっ》船《せん》がフワフワしたチリの中にもぐりこむ心配《しんぱい》はありません。チリの下《した》にはかたい火成岩《かせいがん》がかくれています。月船がチリの下にもぐりこむ心配より、火成岩にはねかえり、四本《ほん》の脚《あし》がこわれる心配をした方《ほう》がよいのです。だから、四本の脚とはべつに、月船《げっせん》のおしりのまん中《なか》から、太《ふと》いドリルのようなものをくり出《だ》すしかけがあります。着陸する場所《ばしょ》が安全《あんぜん》でない場合《ばあい》は、このドリルで岩《いわ》に穴《あな》をあけて、岩にがっちりくいこませるようになっているのです。

6　タンク車《しゃ》がやって来《き》た

月船《げっせん》のテレビには、荒《あ》れはてた火口原《かこうげん》がありありと見え、基地《きち》の建物《たてもの》がその中に銀色《ぎんいろ》の屋根《やね》を見せています。キャタピラーつきのタンク車《しゃ》が、小さな虫《むし》のように走《はし》りまわっています。外輪山《がいりんざん》（火山《かざん》のまわりの山）の上には、地球《ちきゅう》と連絡用《れんらくよう》の無電塔《むでんとう》があります。

いよいよ着陸《ちゃくりく》はま近《ちか》です。それまで自動操縦《じどうそうじゅう》にまかせていた月船の操縦レバーは、中村船長《なかむらせんちょう》のがっしりした手《て》ににぎられ、慎重《しんちょう》な操作《そうさ》をされています。

「ゴオーッ。」

一《ひと》きわガスの吹《ふ》き出《だ》すひびきが高《たか》くなったと思《おも》ったら、ガクッとショックがあって、もう着陸していました。窓《まど》の外《そと》は、ガスの吹き出しで、一メートル先《さき》も見《み》えない砂《すな》ぼこりです。

「着陸完了《ちゃくりくかんりょう》。異常《いじょう》なし。」

スピーカーが伝《つた》えました。ススムくんたちはさっそくベルトをといて、甲板《かんぱん》に出《で》ました。

「とうとう着《つ》いたわね、おにいちゃま。」

「うん、これが月《つき》なんだ。とうとう来《き》たんだね。あんなに空想《くうそう》でしか行《い》けなかった月だったけど。」

ふたりはすっかり興奮《こうふん》して、一所《いっしょ》けんめい自分《じぶん》に言《い》い聞《き》かせています。

「あら、むこうからなにかやって来たわ。タンクだわ。おにいちゃま、タンクだわ。」

「ほんとだ。タンクがむかえに来たんだ。」

そこへ博士《はかせ》が入《はい》って来ました。

「博士、あのタンクには、だれが乗《の》っているんですか？」

「月の基地《きち》で働《はたら》いている科学者《かがくしゃ》や技師《ぎし》たちだよ。もちろん日本人もいるんだ。そうだ。クラビウス基地には、日本人の科学者は二十五人《にん》くらいいるかな。地質学者《ちしつがくしゃ》、宇宙線《うちゅうせん》の学者、天文学者《てんもんがくしゃ》、生理《せいり》学者、植物《しょくぶつ》学者、それにお医者《いしゃ》さん、それから新聞記者《しんぶんきしゃ》も、たしか特派員《とくはいん》がひとりだけまじっていたようだったな。」

「へえ、新聞記者も来《き》ているの。強引《ごういん》だなあ。」

「いや、彼《かれ》はね、日本じゅうの新聞を代表《だいひょう》して派遣《はけん》されたんだ。地球《ちきゅう》の報道関係《ほうどうかんけい》と連絡《れんらく》するたいせつな仕事《しごと》だよ。」

そのうちに、月船《げっせん》から、はしごがスルスルとおろされ、タンク車《しゃ》の中から出《で》て来た基地《きち》の人たちが上《あ》がって来ました。

みんな、天馬博士《てんまはかせ》にくらべると、だいぶ若《わか》い学者《がくしゃ》たちです。

「やあ、博士。」

「やあ、地球《ちきゅう》のみなさん、おひさしぶり。」

「こんにちは、諸君《しょくん》。またやって来《き》ましたよ。」

ススムくんたちを大歓迎《だいかんげい》です。

「どうぞ、ゆっくりして行ってください。」

その喜《よろこ》び方《かた》ったら……。基地《きち》の人たちは、やっぱり地球《ちきゅう》がとてもなつかしいのです。まるでふるさとにでも帰《かえ》って来たかのようなうれしそうな顔《かお》をして、感激《かんげき》の握手《あくしゅ》をしています。

「諸君《しょくん》が一番《ばん》ほしいのはこれだろう。分《わ》けてください。」

天馬博士《てんまはかせ》が取《と》り出《だ》したのは大《おお》きな袋《ふくろ》でした。地球からの郵便物《ゆうびんぶつ》です。基地《きち》からやって来た人《ひと》たちは、飛《と》びつくように袋をひろげました。

「あっ、あった。子どもたちからだ。なつかしいなあ。みんな元《げん》気《き》でいるかなあ。」

「あっ、おかあさんの手紙《てがみ》だ。いつもいつもお手紙ありがとう。くにはいまごろ夏《なつ》だろうなあ。」

などと、思《おも》い思いにひとりごとを言《い》いながら、にこにこわらって読《よ》んでいます。中《なか》には、そっとポケットにしまう隊員《たいいん》もいます。きっと基地《きち》に帰《かえ》ってから、ゆっくり読むつもりなんでしょう。

天馬博士《てんまはかせ》は、ふたりを紹介《しょうかい》しました。

「このふたりはきょうだいです。月の見学《けんがく》に来《き》たのです。よろしくおねがいします。」

「やあ、元気《げんき》そうな子どもたちだ。」

「ほう、よく、勇気《ゆうき》を出してやってきたね。」

「どうぞ、よろしく。」

「うちの子にそっくりやなあ。よし、世話《せわ》はいっさいぼくが引《ひ》き受《う》けた。」

と、ひとりの若《わか》い威勢《いせい》のいいおじさんが飛《と》び出《だ》して来ました。

「ぼくは、もと婦人子《ふじんこ》ども欄《らん》の担当《たんとう》でね。月《つき》の案内《あんない》とか紹介《しょうかい》はまかせとき。」

ふたりは、ペコンとおじぎをしました。

「ぼく、大鳥《おおとり》ススムです。」

「わたし、マユミ。こんにちは。」

「やあ、ぼくは新聞記者《しんぶんきしゃ》の辻本《つじもと》です。よろしゅうたのんまっせ。」

「あら、この方《かた》が、さっき博士《はかせ》がおっしゃった新聞記者の人ね。」

「えっ、ぼくのことが、ちゃんときみたちに知《し》れてしまっているのかいな。どうもこりゃ。」

辻本《つじもと》さんは関西《かんさい》の人らしく、大阪弁《おおさかべん》と標準語《ひょうじゅんご》をまぜてしゃべります。

「じゃあ、天馬《てんま》さん、そろそろ行《い》きましょうか。ススムくんもマユミちゃんも一《いっ》しょに、タンク車《しゃ》に乗《の》れるやろうな。」

タンク車の定員《ていいん》は十二人です。宇宙服《うちゅうふく》に着《き》かえたみんなは、月船《げっせん》を出て、タンク車に乗りこみました。

7 クラビウス基地《きち》への道《みち》

「ガタガタガタガタ。」

タンク車《しゃ》はキャタピラーを使《つか》って、小さな穴《あな》やみぞを平気《へいき》で乗《の》り越《こ》えて走《はし》り出《だ》しました。このガタガタいう音《おと》も、タンク車《しゃ》の外《そと》ではぜんぜん聞《き》こえないでしょう。

みんながタンク車で火口原《かこうげん》にあるクラビウス基地《きち》に向《む》かっているとき、うしろをふり向《む》くと、起重機《きじゅうき》をつけたべつのタンク車《しゃ》が、貨物《かもつ》を乗《の》せるトレーラーを何台《なんだい》も引《ひ》っぱって、貨物用月船《ようげっせん》に向かって走《はし》って行くのが見《み》えました。貨物の陸《りく》あげです。

ススムくんたちの前に、月世界《げっせかい》の景色《けしき》がひろがっています。空気《くうき》がないので、空《そら》はまっ暗《くら》です。死《し》の国《くに》のように静《しず》まりかえっています。それに星《ほし》はチカチカとまたたくこともありません。大《おお》きな星はひとみのように、じっとススムくんたちを見《み》おろしています。小さな星たちときたら、まるで金銀《きんぎん》の砂《すな》を一面《いちめん》にばらまいたようです。いままで月船《げっせん》の中から見た空《そら》や、宇宙《うちゅう》ステーションから見た空は、あまりに広《ひろ》くてくらべるものがなかったので、それほど感激《かんげき》もありませんでしたが、こうして地上《ちじょう》からながめてみると、そのおそろしいまでに神秘的《しんぴてき》な感《かん》じは一《ひと》しおです。地上は、見渡《みわた》すかぎり灰色《はいいろ》の荒《あ》れ地《ち》で、水もなく植物《しょくぶつ》もなく、クラビウスの火口壁《かこうへき》も外輪山《がいりんざん》の山《やま》の峰《みね》も、ナイフのようにするどく先《さき》がとがって、さわればけがをするように感じます。

「おかしいなあ。」

ススムくんが、さっきからしきりに首《くび》をひねっています。

「なにがおかしいのかね。」

博士《はかせ》がたずねました。

「だって、あの山、あれを見《み》てごらんなさい。あんなにくずれかかってますよ。ほら、地球《ちきゅう》の山にもあんなのがあるけど、岩《いわ》にひびが入《はい》ってぼろぼろでしょう。月《つき》には雨《あめ》や風《かぜ》がないのに、どうしてこんなにぼろぼろになっているのかしら。」

「ああ、それかい。それは、月世界《げっせかい》の昼《ひる》と夜《よる》の温度《おんど》の違《ちが》いがとても大《おお》きいからだよ。」

「ええ、それは知《し》っています。昼間《ひるま》は百二十度《どい》以上《じょう》にもなって、夜《よる》は零下《れいか》七十度以下《どいか》にも下《さ》がるんでしょう。」

「そうだ。その上《うえ》、月《つき》は二十七日と三分《ぶん》の一で地球《ちきゅう》をぐるりとまわり、そのあいだに自分《じぶん》でも一回自転《かいじてん》する。だから、月世界《げつせかい》は、昼《ひる》も夜《よる》も二週間《しゅうかん》つづくんだよ。」

「ウワー。毎日《まいにち》百二十度以上《どいじょう》の暑《あつ》さが二週間もつづくなんて。」

「そう。それに零下《れいか》七十度も二週間だ。こんなに暑さ寒《さむ》さの差《さ》がひどいから、いろんな鉱物《こうぶつ》の結晶《けっしょう》が伸《の》びたりちぢんだりしているうちに、表面《ひょうめん》がぼろぼろにくずれてしまうんだ。ほら、あの外輪山《がいりんざん》のふもと、まるで砂《すな》の採掘場《さいくつば》のように岩《いわ》のかけらがたまっているだろう。こういったものが、月世界《げつせかい》のあらゆる場所《ばしょ》に散《ち》らばっているんだよ。それから、流星《りゅうせい》や放射線《ほうしゃせん》も月の表面《ひょうめん》をこわすもとになる。なにしろ空気《くうき》がないから、流星はそのままどんどん月に降《ふ》って来るし、宇宙線《うちゅうせん》やそのほかの放射線《ほうしゃせん》も、さえぎるものがないから、あたりっぱなしだ。」

「それじゃまるで台風《たいふう》にさらされた一軒家《いっけんや》みたいなもんですね。」

「そうだ。いまでも月の表面が少《すこ》しずつ年《とし》とともに変《か》わってくると言《い》っている学者《がくしゃ》がいる。もし大《おお》きな隕石《いんせき》が降《ふ》って来てクラビウス火山《かざん》のような噴火口《ふんかこう》ができたものだとすれば、そういった大《おお》きな隕石はいまでも降るのだから、どんどん月の地図《ちず》も変わってくるわけだがね。」

「それじゃ困《こま》るわ。」

と、マユミちゃんがとつぜん口《くち》を出《だ》しました。

「そんなに、あとからあとから山がくずれたり、隕石《いんせき》が降《ふ》って来《き》たりしたら、わたしたちが、たとえば散歩《さんぽ》するでしょう。そうしたら、帰《かえ》り道《みち》がわからなくなってしまうんじゃないかしら？」

すると、博士《はかせ》はわらい出《だ》しました。

「そんなことは心配《しんぱい》ないよ。いくらなんでも、月世界《げっせかい》の探険《たんけん》に出《で》かけて帰り道に迷《まよ》うほど変化《へんか》はひどくないからね。タンク車《しゃ》ならタンク車のキャタピラーのあとをたよりに戻《もど》って来れば、大丈夫《だいじょうぶ》なんだ。」

「それよりもやな、月世界でこわいのは、酸素《さんそ》がなくなることなんや。探険に出かけているとき、あんまり遠《とお》くに行《い》きすぎて、背中《せなか》につけた酸素ボンベが、いつの間《ま》にかからっぽになってしまう。」

「窒息《ちっそく》ですか。」

ススムくんがびっくりしました。

「そうや。それで死《し》んでしまった隊員《たいいん》がふたりあった。月で一番《ばん》たいせつなのは空気《くうき》や。地球《ちきゅう》にいては空気のありがたさなんか、だれもわからんがな。」

この隊員のお墓《はか》は、クラビウス火口《かこう》の岩陰《いわかげ》にあるとのことでした。おそらく日光《にっこう》がまったくあたらない陰《かげ》のことでしょうから、お墓はいつも零下《れいか》百度以下《どいか》の寒《さむ》さで、ふたりの隊員《たいいん》のからだは冷凍《れいとう》されて、息《いき》を引《ひ》きとったままの状態《じょうたい》で、いつまでも保存《ほぞん》されることでしょう。

8　月《つき》パンは宇宙一《うちゆういち》

「あっ、あそこにほら穴《あな》がある。大《おお》きなほら穴だなあ。」

「あれがクラビウス基地《きち》だよ。」

「へえ、クラビウス基地って、穴の中にあるんですか?」

「そうだ。地下《ちか》に作《つく》れば隕石《いんせき》も防《ふせ》げるし、それに月《つき》の表面《ひようめん》ほど寒《さむ》くないからね。」

「あれ、人間《にんげん》が掘《ほ》ったの?」

と、マユミちゃんが聞《き》きました。

「いいや、たまたま発見《はつけん》されたしぜんのほら穴を使《つか》っているのさ。あの中には原子炉《げんしろ》もあるし、観測所《かんそくじよ》や実験室《じつけんしつ》もあるよ。」

タンク車《しや》は中《なか》へ入りました。

「まあ、明《あか》るいわ。」

「ほんとだ。なんだか暖《あたた》かそうだね。ああ、ぼく、さむざむとした景色《けしき》にはもうあきちゃった。」

「ハッハッハッハ。やっぱり人間《にんげん》は火《ひ》のそばの方《ほう》がよさそうやな。さあ、おりよう。」

マユミちゃんは、ウサギのようにピョンと飛《と》びおりました。月《つき》では地球《ちきゆう》よりも物《もの》を下にひっぱる力《ちから》が弱《よわ》いので、三メートルくらいの高《たか》さから飛びおりても、ちっとも痛《いた》くありません。

「すごい機械《きかい》ですね。これが原子炉《げんしろ》ですか。」

「いいや、これはただの発電機《はつでんき》さ。原子炉は基地《きち》の裏《うら》がわにある。」

「原子炉《げんしろ》って、ウラニウムはあるんですか？」

「あるとも。月でウラニウムが発見《はっけん》されたのはかなり前で、それからは各国《かっこく》の基地《きち》で自給自足《じきゅうじそく》しているんだ。そのウラン鉱石《こうせき》からウラニウムを取《と》り出《だ》す精練工場《せいれんこうじょう》もあるよ。」

「どこにあるんですか？」

「月《つき》の裏《うら》がわさ。そこにソ連《れん》基地があって、そこでやってるんだ。行《い》ってみるかい。」

「行きたいな。でも、そこからどうして分《わ》けてくれるんですか？」

「ウラン協定《きょうてい》によってさ。」

「ウラン協定って？」

「月世界《げっせかい》で見つけられたウラニウムは、世界各国《せかいかっこく》で平等《びょうどう》に分《わ》けようという協定《きょうてい》さ。戦争《せんそう》がこのところなかったから、科《か》学《がく》を平和《へいわ》のために使《つか》おうという全世界《ぜんせかい》の取《と》りきめができて、こうやって月世界の上でも、平和《へいわ》共存《きょうぞん》の夢《ゆめ》を実現《じつげん》しているのだよ。」

　みんなは基地《きち》の奥《おく》の方《ほう》へあるいて行きました。動力室《どうりょくしつ》をすぎて小《ちい》さなドアをくぐると、マユミちゃんはとつぜん、

「ウワー。」

と言う歓声《かんせい》をあげました。

「すごいわ。お月《つき》さまに農園《のうえん》があるのね。」

「ほんとだ。それに、これは全部《ぜんぶ》地球《ちきゅう》にある野菜《やさい》と同《おな》じものじゃないか。おどろいた。」

見渡《みわた》すかぎり、キャベツやトマトやジャガイモなどが、一面《いちめん》に植《う》えられているのです。植えられていると言っても、地球のように土《つち》にたねをまいて育《そだ》てているのではありません。どこもかしこも水びたしです。水耕栽培《すいこうさいばい》と言って、野菜《やさい》だけではなく、稲《いね》や麦《むぎ》なども、培養液《ばいようえき》の中で作《つく》られているのです。

人工太陽

「まあ、稲《いね》や麦《むぎ》なんかもできるの？」

「ああ、まだとても二十五人《にん》の隊員《たいいん》の食糧《しょくりょう》をまかなうことはできないがね。それでもこのあいだのお正月《しょうがつ》なんかには、ここで取れたもち米《ごめ》でもちをついて、おかがみを作《つく》ったんだぜ。パンなんかは、地球《ちきゅう》よりもおいしいものができる。」

「フランスパンよりもおいしいの？」

「じまんじゃないが、月《つき》パンは宇宙《うちゅう》最高《さいこう》や。」

と、辻本《つじもと》さんがいかにもじまんそうに言《い》いました。

「あら、天井《てんじょう》はまるで天文台《てんもんだい》の屋根《やね》みたいね。」

「マユミ、天文台の屋根をよく知《し》っているね。」

と、ススムくん。

「知ってるわよ。望遠鏡《ぼうえんきょう》で空《そら》を見《み》るときに、あいたりしまったりするんでしょう。」

　すると博士《はかせ》が、

「そうだ。このドームも、昼間《ひるま》はあけてあって、太陽光線《たいようこうせん》を取《と》り入《い》れるようになっている。夜《よる》にはドームをしめて、人工《じんこう》太陽《たいよう》をつけるというわけだ。」

「すごいな。それじゃ、野菜《やさい》も育《そだ》つわけですね。」

「きれいね。わたし、月の世界《せかい》で、こんなにきれいなミドリ色《いろ》が見《み》られるとは思《おも》わなかったわ。」

「そうだろう。月には空気《くうき》がないから、ものの色というものがほとんどない。最初《さいしょ》に月《つき》の探険《たんけん》に来た人たちは、ものの色《いろ》、とくに赤《あか》やミドリの美《うつく》しい景色《けしき》にとてもあこがれたもんだ。さあ、あっちで一休《ひとやす》みしよう。」

「ぼく、一休みするほど疲《つか》れてないよ。」

「わたしもよ。はりきってるわ。」

「やれやれ、子どもたちにはかなわんな。」

辻本《つじもと》さんは、あきれたように、それでもうれしそうに言《い》いました。

9　ススムの日記《にっき》

○月○日
いよいよ月世界《げつせかい》の見学《けんがく》だ。マユミはスケッチブックに写生《しゃせい》するんだとはりきっている。案内《あんない》の辻本《つじもと》さんは、今度《こんど》の月《つき》一周《しゅう》での、おもしろい読《よ》みものの記事《きじ》を東京へ送《おく》るんだと言って、ゆうべおそくまで下《した》しらべをしていた。

朝《あさ》九時《じ》(地球時間《ちきゅうじかん》)クラビウス基地《きち》を出発《しゅっぱつ》。自動車《じどうしゃ》の調子《ちょうし》はとてもいい。なにしろ原子力《げんしりょく》エンジンだ。第《だい》一の目的地《もくてきち》は、月《つき》の裏《うら》のメチターの海《うみ》だ。そこにソ連基地《れんきち》がある。メチターの海は、ソ連の第三号《ごう》宇宙《ちゅう》ロケットが月《つき》の裏《うら》がわをまわったときにうつした写真《しゃしん》で、はじめて見つけられた場所《ばしょ》だ。海《うみ》と言ってもひろびろとした砂漠《さばく》みたいなところで、ところどころにニキビのような噴火口《ふんかこう》が顔《かお》を出している。

クラビウス基地《きち》を出ると、まっ暗《くら》な空に太陽《たいよう》がカッと照《て》りつけている。照りつけていると言うことばは、ここで一番《ばん》ぴったりする。なにしろ宇宙用《うちゅうよう》メガネをかけていても、とてもまともに見《み》ることはできない。二、三秒《びょう》見ていると、きっと目《め》がつぶれてしまうだろう。それにおもしろいことに、太陽のまわりには、ボーッときりが吹《ふ》き出《だ》したようにコロナが見えている。地球では、このコロナは、皆既日食《かいきにっしょく》のときでなければとても見られないのに、ここではお昼《ひる》でもはっきり見える。なにしろ太陽《たいよう》の光《ひかり》が空気《くうき》に散《ち》らばるということがないから、どんなうすい光でもはっきり見えるのだ。その太陽が、自動車《じどうしゃ》(フェニックス号《ごう》)がどんどん進《すす》むにつれてだんだん低《ひく》くなって、地平線《ちへいせん》に近《ちか》づいて来た。これは自動車が月の裏《うら》

がわに近《ちか》づいている証拠《しょうこ》だ。自動車《じどうしゃ》は、いま、月《つき》の南極点《なんきょくてん》に近づいている。そこにはマラベルトアルファ山《さん》がある。そのむこうが月の裏《うら》がわだ。いまとうとう太陽《たいよう》がかくれてしまった。太陽がかくれても、地球《ちきゅう》ではしばらくは明《あか》るい。たそがれとか夕《ゆう》やみとか言うことばがある。だけど、月では、太陽がかくれるとすぐまっ暗《くら》な夜《よる》の世界《せかい》に入《はい》ってしまう。まっ暗《くら》といっても、明《あか》るいミドリ色の光《ひかり》が地上《ちじょう》を照《て》らしている。この光は地球から来ているのだ。見上《みあ》げると、いままで太陽に気《き》をとられすぎていたけれど、地《ち》球上《きゅうじょう》で見る月《つき》の四倍《ばい》ほどもある地球の姿《すがた》が空《そら》にかかっている。アオミドリ色《いろ》で、太陽の光を反射《はんしゃ》して、まわりがまっ白《しろ》にかがやいている。ところどころに、雲《くも》なんだろう、薄《うす》いすじのようなものが見《み》える。この地球の明るさで、地上では新聞《しんぶん》が読《よ》めるくらいだ。

「ほうら、ソ連基地《れんきち》が見えて来たぞ。」

辻本《つじもと》さんが指《ゆび》さす。メチター基地だ。午後《ごご》六時《じ》に着《つ》いた。ここには百二十人《にん》も隊員《たいいん》がいる。だけど、そのうち

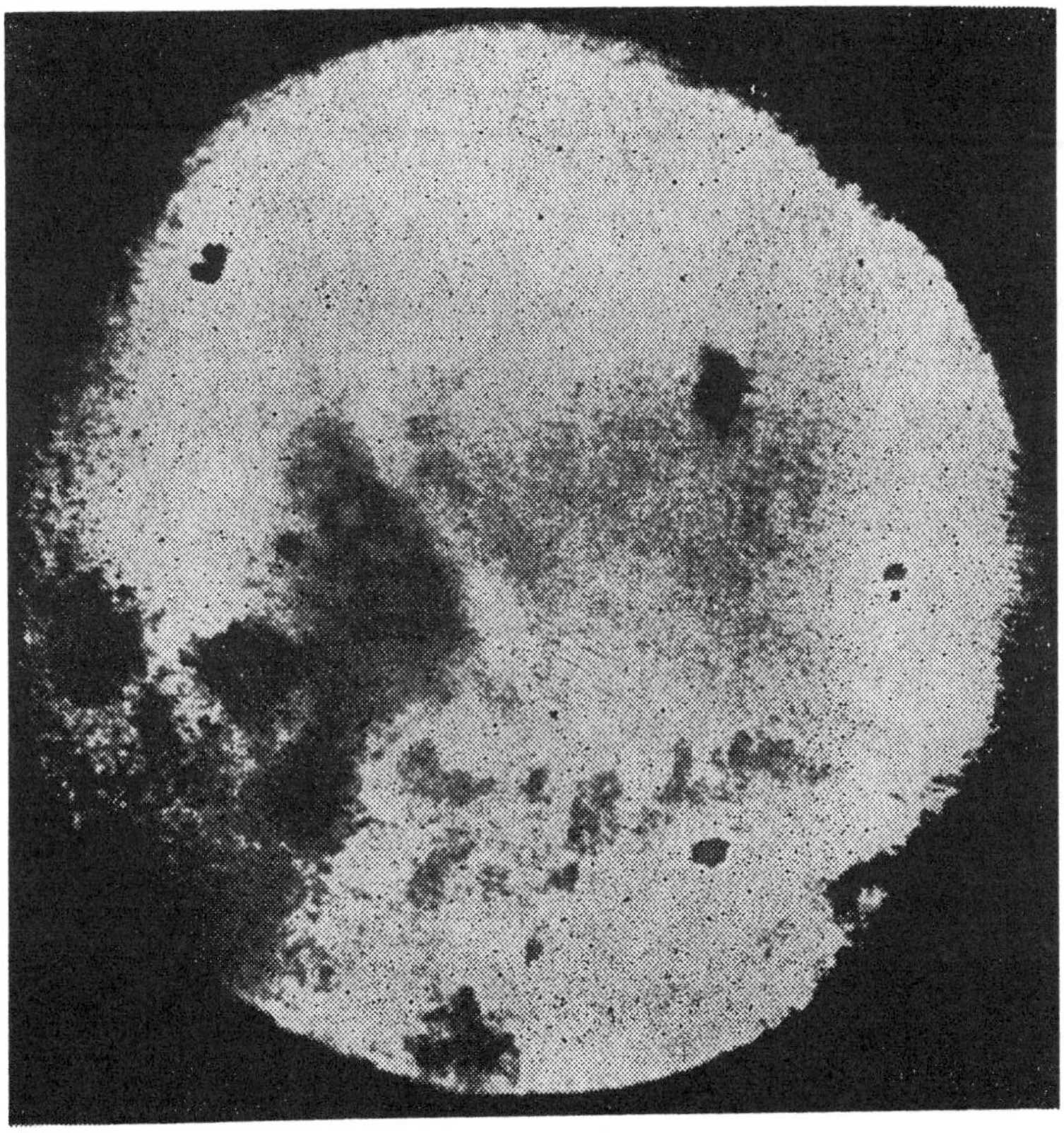

惑星間宇宙《わくせいかんうちゅう》ステーションで撮影《さつえい》した月《つき》の裏《うら》がわ（ソ連《れん》）

月《つき》の裏《うら》がわを撮影《さつえい》した宇宙《うちゅう》ステーション（ソ連《れん》）

の半分《はんぶん》はソビエッキー山脈《さんみやく》の探険《たんけん》に出《で》かけていて留守《るす》だった。

「あそこにすばらしいウラン鉱《こう》が見《み》つかったからですよ。」

と、ソ連人《れんじん》の技師《ぎし》の人が、うれしそうに話《はな》してくれた。

「天馬博士《てんまはかせ》から聞《き》いたんですけど、ウラン工場《こうじょう》はどこにあるんですか？」

「ああ、ここから十キロくらい北《きた》になりますがね。あのあたりです。」

指《ゆび》さした方角《ほうがく》にはなにも見えない。地平線《ちへいせん》のむこうにあるのだ。地球《ちきゅう》なら、十キロくらいなら、遠《とお》くから見えるんだが、なにしろ月《つき》は小《ちい》さいから、十キロ先《さき》でも、もう地平線《ちへいせん》のかなたにかくれてしまう。だから、月のながめというのはあまりひろびろとしていない。山なんかがあると、まるでパノラマみたいに小《こ》じんまりと見える。

○月○日
ソ連《れん》の基地《きち》を出発《しゅっぱつ》したフェニックス号《ごう》は、北東《ほくとう》に進《すす》んで行く。

「どこへ行《い》くんですか？」

「ツィオルコフスキー火口《かこう》だよ。」

「言《い》いにくい名前《なまえ》ね。」

と、マユミが言った。ツィオルコフスキーとはソ連の科学者《かがくしゃ》で、ロケットを最初《さいしょ》に考《かんが》え出《だ》した人だ。そう言えば、月の裏《うら》がわには、いろんな人の名前がついている。ジョリオ・キュリーと言う人や、ジュール・ベルヌと言う小説家《しょうせつか》の名前がついている。月の表《おもて》がわが、コペルニクス山とかプラトー山のように、むかしの学者《がくしゃ》たちの名前をつけたのにソ連はならったのだ。ツィオルコフスキー火口をのぞいてから、また月の表がわに出た。しばらく行くと、今度《こんど》はグリマルディと言う噴火口《ふんかこう》があった。これは月《つき》で一番大きくて、一番《ばん》中が暗《くら》く見える噴火口で、直径《ちょっけい》が二百三十八キロ、高《たか》さが二千七百メートルもある。この噴火口《ふんかこう》の西北《せいほく》に、サエキ火口《かこう》と言うのがあった。

「これもへんな名前《なまえ》ですね。」

と、辻本《つじもと》さんに聞《き》いてみると、

「ああ、この名前はね、大阪《おおさか》の電気科学館《でんきかがくかん》の主任技師《しゅにんぎし》佐伯恒夫《さえきつねお》さんから取ったんだよ。イギリスのウィルキンス博士《はかせ》と言う人が、佐伯《さえき》さんの長《なが》いあいだの研究《けんきゅう》のごほうびとしてつけてくれたんだ。あれはたしか一九五二年だったかな。」

「すごいな。日本人の名前が月世界《げっせかい》の山につけられているなんて。」

と、ぼくは喜《よろこ》んだ。

この日、アメリカのコペルニクス基地《きち》に寄《よ》って休《やす》んだ。コペルニクスと言う人はポーランドの天文学者《てんもんがくしゃ》で、十六世紀《せいき》のはじめごろ、天《てん》が動《うご》くのはまちがいで、地球《ちきゅう》が動くのだと、有名《ゆうめい》な地動説《ちどうせつ》をとなえ出《だ》した学者《がくしゃ》だ。コペルニクス山《さん》は五つの峰《みね》がそびえている。このふもとにアメリカの基地があるのだ。ここには月《つき》の通信《つうしん》センターが置《お》かれて一番精密《ばんせいみつ》な電子計《でんしけい》算機《さんき》もあった。この電子計算機に、いろんな月の記録《きろく》をおぼえさせて、地球へ自動的《じどうてき》に送《おく》らせているということだ。なにしろ月では昼《ひる》も夜《よる》も二週間《しゅうかん》ずつつづくので、隊員《たいいん》だって、うっかりすると、きょうは何月何日《なんがつなんにち》か忘《わす》れてしまう。この機械《きかい》のこよみのボタンを押《お》すと、すぐ答《こた》えてくれる。

マユミが機械《きかい》の前《まえ》へのこのこ出《で》て来た。

「わたし、ちょっとたずねていい？」

「ああ、いいとも。なにを聞《き》きたいの？」

マユミはボタンを押して、

「わたしの年《とし》、いくつだったかしら。」

と言《い》った。みんなは、ワッとわらった。

「ばかだなあ。いくらなんでも自分《じぶん》の年を忘《わす》れるやつがあるかい。」

「だって、おにいちゃま。ここは二十一世紀《せいき》でしょう。わたし八つだったから、二十一世紀なら、いくつなのかしら？」

「なるほど。これはマユミに一本《いっぽん》やられた。」

いまはたしかにぼくたちの時代《じだい》から四十年以上《いじょう》たっているわけだ。

そこへ、金髪《きんぱつ》の、ぼくたちくらいの背《せ》たけの少年《しょうねん》が来《き》た。

「ハロー、ぼく、ジャックです。」

ジャックくんは、アメリカ基地《きち》のたったひとりの少年《しょうねん》だ。お父《とう》さんのブラウン博士《はかせ》は、いま火星《かせい》に行《い》っている。ひとりぼっちのジャックくんは地球《ちきゅう》から少年が来《き》たと聞《き》いて、喜《よろこ》んで待《ま》っていたんだ。ぼくたちはすぐ仲《なか》よしになった。

○月○日

コペルニクス基地《きち》からまっすぐ東《ひがし》に進《すす》んだ。危難《きなん》の海《うみ》と言うこわい名前《なまえ》の楕円形《だえんけい》の平原《へいげん》をとおった。この東《ひがし》がわにふしぎなものがあった。オニールの橋《はし》と呼《よ》ばれているしぜんにできた橋なんだ。この橋の長さは十九キロもある。（東京駅《とうきょうえき》から中央線《ちゅうおうせん》で三鷹《みたか》あたりまでの距離《きょり》）高さは千五百メートル。月世界《げっせかい》の名所《めいしょ》だ。一九五三年、アメリカの新聞記者《しんぶんきしゃ》オニールさんが望遠鏡《ぼうえんきょう》で発見《はっけん》したので、こう呼《よ》ばれている。この橋《はし》から見る日《ひ》の出《で》なんか、とてもきれいだそうだ。

それから南《みなみ》へ進んで、豊《ゆた》かの海《うみ》のそばにあるイギリスのクック基地《きち》で休《やす》んだ。豊かの海と言うのは、むかしの人が、ウサギがもちをついているようだと言《い》った、あの陰《かげ》のちょうど耳《みみ》にあたるところだ。クック基地には、ユニオンジャックの旗《はた》が立《た》てられていた。ひるがえっていたと書《か》きたいところだが、残念《ざんねん》ながら月《つき》には風《かぜ》がない。だから、金属製《きんぞくせい》のまっ白《しろ》な旗が立てられている。イギリス隊《たい》は、岩《いわ》の成分《せいぶん》と溶《と》けあって結晶《けっしょう》になっている水《みず》を取ってテストしていた。もしこれがうまくいくと、たいせつな水を月《つき》からも取れるので、とても助《たす》かることになる。

月《つき》の表面《ひょうめん》。チコ山《さん》と白く光《ひか》るすじが見える。

○月○日

さあ、やっとクラビウス基地《きち》に帰《かえ》る日だ。どんどん南《みなみ》へ進《すす》んで、それから西《にし》に向《む》かった。

「今度《こんど》は月で一番高《ばんたか》い山《やま》だよ。」

辻本《つじもと》さんが指《ゆび》さす。

「どのくらいですか？」

「高《たか》さ五千七百メートル。」

「なんだ、たいしたことないや。」

「そんなことはないよ。なにしろ、望遠鏡《ぼうえんきょう》で月《つき》をながめたうちでは、一番早《はや》くから人に知《し》られていた山だからね。」

「だって、あんまり大《おお》きな山がいくつもあったんだもの、もうなれちゃって、どんなものが来ようと平気《へいき》です。」

「ああ、そうか。だがね、チコ山《さん》では、特《とく》にきみたちに見《み》てもらいたいものがある。」

車《くるま》は、チコ山がすぐ見渡《みわた》せる丘《おか》の上に出た。

「ほら、ごらん。チコ山から、なんだか放射線《ほうしゃせん》のような白《しろ》く光《ひか》るすじが四方《しほう》に伸《の》びているやろう。あれは、満月《まんげつ》のころに特《とく》に明《あか》るくかがやいて、地球《ちきゅう》でもはっきり見《み》えるのや。長《なが》いものは千八百キロもあって、どこまでもまっすぐつづいているのや。途中《とちゅう》に噴火口《ふんかこう》があろうと、海《うみ》があろうと、ぜんぜん曲《ま》がらずに、まっすぐ伸びとる。全部《ぜんぶ》で十二本《ほん》もあるのや。」

「あの正体《しょうたい》は一体《いったい》なんですか？」

ぼくはたずねた。

「なんやと思《おも》う？　ぼくらにもわからぬ。なにしろ、近《ちか》くへ行《い》って見ると、それらしいものはなんにもなくて、さっぱりわからぬ。」

「氷《こおり》かなにかじゃないの？」

「さあ、なんとも言えんな。あれは、月《つき》のなぞとして一番《いちばん》大きいものやろう。いつこのなぞが解《と》けるかたのしみだ。」

と、辻本《つじもと》さんは、じっとながめながら言《い》った。

チコ山《さん》からはクラビウス基地《きち》まですぐだった。

こうして四日間《よっかかん》の月の旅《たび》は終《お》わった。もう思《おも》い残《のこ》すことはない。

基地《きち》へ帰《かえ》ると、おいしいとうふのみそ汁《しる》が待《ま》っていた。このとうふも、月《つき》どうふと言《い》って、農園《のうえん》で取れた豆《まめ》から作《つく》ったものだ。

「マユミ、写生《しゃせい》したのかい。見《み》せてごらん。」

ぼくがマユミのスケッチブックをひったくって見ると、なんだかわけのわからない線《せん》がいっぱい書《か》いてあった。そして、その景色《けしき》の前《まえ》に立《た》っているきれいな女の子や男の子の格好《かっこう》が、すごくていねいに書《か》いてある。

「なんだい、これは。一体《いったい》だれ？」

「それ、マユミよ。そしてこっちはおにいちゃま。」

「なんだい、マユミは、自分《じぶん》たちばかりすごくていねいに書いて、かんじんの月の景色《けしき》はちっとも書いてないじゃないか。」

「だって、見るのがせいいっぱいで、とても書く気《き》になれなかったん

だもの。」

と、マユミは鼻声《はなごえ》をあげた。

「書《か》くひまがなかったんだね。辻本《つじもと》さんを見《み》ろよ。あのいそがしいのに、ちゃんともう記事《きじ》を書いて、東京の新聞《しんぶん》に、テレタイプで通信《つうしん》してるじゃないか。マユミはなまけものだなあ。」

そう言《い》うと、マユミはすっかりすねてしまった。そこに天馬《てんま》博士《はかせ》がやって来た。

「きみたち、旅行《りょこう》はおもしろかったかい。」

ぼくたちがすっかり満足《まんぞく》したことを話《はな》すと、

「そうか。じつは地球《ちきゅう》まで帰《かえ》るアメリカの原子力《げんしりょく》ロケットがもうすぐ出《で》る。きみたち、よかったら、そのロケットで帰らないか。」

あまりのとつぜんさに、ぼくはすぐ返事《へんじ》ができなかった。

「と言うのはだね、きみたちがアメリカ基地《きち》で出合《であ》ったジャックくんが、ちょうどそのロケットで地球へ帰るんだ。それで、いまここへ電話《でんわ》をかけて来たんだよ。」

「ああ、ジャックくんですか。」

「そうだ。あのときはゆっくり話《はなし》ができなかったけれど、あの子は、もっともっときみたちとおつき合《あ》いして、友《とも》だちになりたいと言《い》ってるんだ。どうだい。乗《の》ってみるかね。」

ぼくはマユミの顔《かお》を見《み》た。マユミは、さっきべそをかいた顔をにこっとして、乗ってみたい、というしぐさをした。辻《つじ》本《もと》さんにはなごり惜《お》しいけれど、これでお別《わか》れだ。でも、辻本さんの書いた記事は、うまくいけば、ぼくたちは地球で読《よ》めるかもしれない。きっとぼくたちのことも書《か》かれているだろう。マユミは、きっとうんといたずらっ子に書かれているだろうなあと思《おも》った。

◎本書は、昭和三七（一九六二）年に小社から刊行された書籍を、新たに毛利衛氏の前書きを加え復刊したものです。
◎本書は当時の原本をそのまま複写したものであり、加筆は一切行われておりません。また、紙面の鮮明度がやや劣る箇所がございますことをご了解ください。

２１世紀への旅行〔復刻版〕

1962（昭和37）年１月15日　初版発行
2013（平成25）年10月30日　復刻版１刷発行

監　修　科学技術庁
企　画　読売新聞社科学報道本部
さしえ　手塚　治虫
発行者　鯉渕　友南
発行所　株式会社 弘文堂
〒101-0062　東京都千代田区神田駿河台1-7
TEL　03(3294)4801　FAX　03(3294)7034
URL　http://www.koubundou.co.jp/

印刷・製本　株式会社 デジタルパブリッシングサービス
URL　http://www.d-pub.co.jp/

ISBN978-4-335-05104-3